Les Fantastiques

La momie du temple interdit

Roger Judenne

Illustrations de couverture
et d'intérieur :
Gérald Gorridge

MAGNARD *JEUNESSE*

Collection animée par Jack Chaboud

Chers lecteurs
Née de l'imagination collective d'une joyeuse bande issue de La Charte des Auteurs et Illustrateurs de Jeunesse, la Sauterelle Verte est une puissance positive qui veille sur le monde. Par l'intermédiaire d'un réseau, elle éveille les consciences, conseille et assiste les hommes, qu'elle met en rapport par-delà l'espace et le temps.

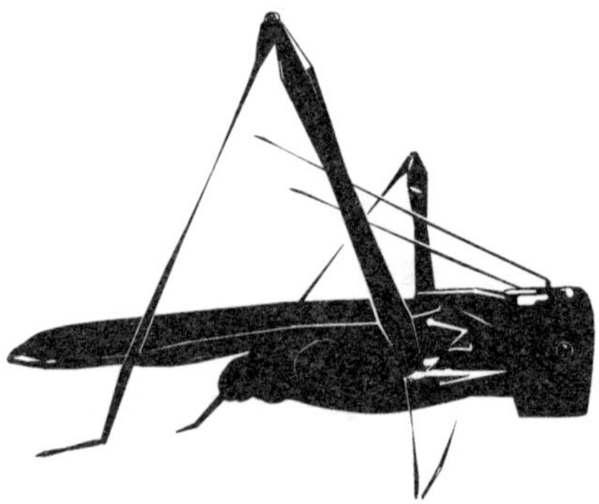

Loi n° 49-956 du 16-07-1949 sur les publications destinées à la jeunesse.

1

L'ŒIL fixe du serpent vient de remarquer l'homme. Les écailles rouges de ses orbites se hérissent. C'est une vipère des sables. Son corps doré est parcouru d'ondes orangées. Elle se ramasse sur le rocher brûlant où elle prend le soleil et dresse la tête. Le ramasseur de serpents s'immobilise. Il vient de l'apercevoir à son tour.

« Mehmet, ici... » appelle-t-il sans faire le moindre mouvement.

Le désert égyptien vibre sous le grand soleil. L'étendue de caillasses ocres s'étend à perte de vue. Le voile de chaleur dessine des montagnes flottantes sur l'horizon lointain. Le garçon avance, une longue baguette de bois terminée par une petite fourche en forme de « Y » à la main. Il voit la vipère se cabrer à son approche, ouvrir la gueule et menacer de sa langue fourchue.

«Elle n'attaquera pas. Elle sait que le danger serait encore plus grand si elle attaquait puis tentait la fuite.»

L'homme a la peau foncée, brûlée par le soleil. Il porte une barbe noire aux crins emmêlés. Il a deux grands yeux noirs inquiétants. Au village, on l'appelle « le sorcier». Il pue. Ou plutôt, ses fioles remplies de liquides aux couleurs étranges et ses bourses de cuir pleines de poudres inconnues dégagent des odeurs fortes et nauséabondes. L'homme, c'est l'oncle de Mehmet. Il a choisi son neveu pour l'aider dans son travail parce qu'il y a des secrets qui doivent rester dans la famille. Mais, malgré quatre années passées au milieu de ces senteurs désagréables, le garçon ne s'habitue pas. Il fait quelques petits pas prudents. À son approche, la vipère plaque sa tête contre la roche, hérisse les courtes écailles oranges de son cou et se met à siffler.

« Maintenant ! » lance l'homme.

Mehmet est parcouru par un frisson. Il cligne

des yeux et lance son bras. L'extrémité fourchue de la baguette s'abat brusquement et enserre le cou du serpent. Immédiatement, l'animal se tord, s'enroule autour du bâton, effectue des contorsions et des nœuds nerveux pour se dégager. Mehmet appuie très fort, tout en éloignant le plus possible son corps pour ne pas être atteint par cette sorte de fouet vivant.

« Ne lâche pas ! » recommande l'homme.

Le ramasseur de serpents ôte le bouchon d'une fiole ronde et la tient dans sa main gauche. Sans hésiter, il avance la main droite au-dessus de la tête prisonnière, saisit les mâchoires entre le pouce et le majeur et serre jusqu'à ce que la vipère ouvre la gueule. Deux crochets meurtriers apparaissent, menaçants, redoutables. Alors, d'une forte pression de l'index sur la base du nez, il comprime les glandes à venin. Le liquide mortel jaillit. Il le récupère habilement dans sa fiole ouverte. Puis il renouvelle l'opération sur l'autre crochet et se dégage vivement.

« Tu ne risques plus rien. Lâche-la. Maintenant, elle ne demande qu'à se glisser entre les pierres et disparaître », rit-il.

Une fois, un serpent l'a mordu à la cheville au moment où il levait son bâton. Il redoute ce moment-là. Alors, pour conjurer sa peur, il serre très fort la petite sauterelle en or fin qu'il porte autour du cou. Son père l'a portée avant lui. Et son grand-père avant son père. L'origine de ce bijou se perd dans la nuit de la longue lignée de ses ancêtres. C'est son talisman.

« Si tu hésites, elle le sentira, dit l'oncle occupé à refermer le flacon. C'est comme ça qu'on se fait mordre. »

Mehmet serre plus fort. Il est fasciné par le regard noir, brillant et fixe du serpent. Il se décide subitement, soulève la baguette et détale sans regarder derrière lui.

« Ah, ah, ah !

— Elle était prête à attaquer, bredouille le garçon pour se justifier quand il s'arrête près de son oncle.

— Je vais ramasser des œufs de lézard à crête, dit l'homme. Pendant ce temps, cherche plutôt de quoi faire du feu et prépare le thé. »

Mehmet adresse un remerciement silencieux à son talisman et affermit le bâton avec lequel il se met à frapper les cailloux chauffés par le grand soleil d'Égypte. Il regarde où il pose ses sandales. Cette rocaille est particulièrement appréciée par les serpents, mais les coups donnés produisent des vibrations qui les font normalement fuir. L'oncle s'arrête devant une paroi rocheuse rongée par l'érosion. Il introduit une sorte de cuillère dans les failles et récolte des grappes d'œufs verdâtres dont il emplit un pot en terre cuite. Par mégarde, il en écrase. L'odeur âcre et repoussante parvient jusqu'ici. Avec le venin, les œufs de reptiles et mille autres ingrédients de ce type, il fabrique des poisons, des drogues, des contrepoisons, mais aussi des potions et des médicaments. Dans le village, on dit que ses secrets remontent au temps des grands maîtres qui vivaient ici à l'époque des pharaons. Mehmet le craint.

Les tempêtes de sable ont arraché des buissons épineux et les ont poussés dans les recoins des rochers. Ces brindilles aux épines aussi dures que l'acier provoquent des blessures profondes. Avec précaution et habileté, il se sert de la fourche de son bâton et les rassemble en une sorte de petit fagot. Puis il le plante au milieu du tas et revient vers l'endroit où sont posés les sacs.

Dès que les premières flammèches crépitent dans les épines desséchées, Mehmet ressent une curieuse impression. Il éprouve une appréhension qui le pousse à fixer ce feu naissant qui semble s'adresser à lui. Il n'est pas rassuré. Instinctivement, il porte la main à son cou et serre la petite sauterelle en or. La flamme est courte, presque blanche. Le feu investit toutes les brindilles, mais le fagot d'épines ne se consume pas. Il s'avive, devient plus lumineux, presque blanc.

Brusquement, en un éclair, la tête d'une momie pharaonique jaillit des flammes, la momie d'un petit enfant.

L'instant d'après, tout a déjà disparu. Mehmet croit avoir rêvé, mais son cœur bat très fort. Le contact du petit bijou le calme. À peu de distance de lui, il remarque un lézard qui se cache dans la faille d'un rocher. Il est immobile, mais la peau bleue de son cou palpite. Deux poches d'air se gonflent et se vident au rythme rapide de sa respiration. Mehmet lève les yeux vers le ciel. Un faucon serpentaire plane dans la fournaise. Le serpentaire n'a pas vu le lézard. Un insecte passe à moins d'un mètre du reptile. Le lézard tourne la tête vers le ciel, semble évaluer la distance qui le sépare du faucon. L'insecte est sur le point de s'éloigner. Le lézard hérisse immédiatement une crête épineuse, se lance sur l'insecte, le capture et amorce le repli vers son refuge. Mais il est déjà trop tard. Le mouvement l'a trahi. Le serpentaire plonge à une vitesse prodigieuse, serres en avant. Il rase le rocher et ses griffes acérées fauchent le lézard au passage. Puis l'oiseau crie, reprend de l'altitude et emporte vers le ciel le reptile qui gigote entre ses pattes.

Alors, Mehmet assiste à un spectacle étonnant. Accouru d'on ne sait où, un autre oiseau se précipite et attaque le faucon pour lui voler sa proie. Il y a des cris stridents, des chocs. Des plumes volent. Agresseur, agressé, proie se confondent en une boule de violence. Les oiseaux se blessent, perdent de l'altitude et tombent en une masse confuse derrière un chaos de rochers rouges. La lutte n'a duré que quelques secondes.

« Un autre serpentaire s'approche ! C'est un étranger. N'oublie pas ce que tu viens de voir. »

Mehmet s'étonne d'une telle pensée. Il a l'impression d'avoir entendu une voix, une sorte d'appel. N'a-t-il pas rêvé ? La peur qu'il a éprouvée tout à l'heure ne lui trouble-t-elle pas l'esprit ? À moins que ce ne soit la chaleur.

« Eh bien, attends-tu que toutes les épines soient brûlées pour mettre l'eau du thé sur le feu ? » s'irrite le ramasseur de serpents.

La remarque le tire de sa rêverie. Il ouvre la main et abandonne la petite sauterelle en or qu'il n'a pas lâchée pendant tout ce temps. Son maître lui tend un ustensile en fer blanc et la gourde en peau de chèvre. Ses mains dégagent l'odeur âcre et nauséabonde des œufs de lézard. Cette odeur surtout le ramène à la réalité.

« Je vais prendre le thé et les feuilles de menthe dans le sac.

— Presse-toi. Je dois rentrer au village. Le venin ne se conserve pas longtemps. Reste ici tant que la chaleur fait sortir les serpents des trous et attrapes-en autant que tu pourras.

— Les vipères jaunes aussi ?

— Les vipères jaunes aussi. Et n'oublie pas de bien refermer le couvercle du panier, sinon leurs petits corps nerveux s'entortilleront autour de tes jambes, menace le ramasseur de serpent. »

Au moment où il part, Mehmet croise son regard oblique assombri par ses épais sourcils broussailleux.

La guimbarde a été louée à un mécanicien des faubourgs du Caire quelques heures après que l'Anglais a atterri en Égypte. Les crachotements poussifs qui s'échappent du moteur mille fois rafistolé trahissent son grand âge et son usure avancée. Le radiateur laisse échapper des volutes de vapeur blanche. Le moteur chauffe terriblement. Au volant, l'Anglais reste indifférent à l'épuisement de sa machine. Il a entassé sur le siège arrière un fouillis de bagages, de rouleaux de cartes, de carnets, de matériel de campement aussi hétéroclite que démodé. Il y a même un appareil-photo d'un modèle très ancien vissé sur un trépied en bois verni. Il chantonne :

« *The captain had blown his brains out…* »

Il poursuit son chemin au milieu du formidable nuage de poussière ocre que les roues soulèvent sur la fournaise de la piste. Le moteur renâcle et pétarade. À l'avant, la vapeur qui sort du capot devient si dense qu'il a l'impression de rouler dans le brouillard. Il ne semble pas s'en rendre compte, met les essuie-glaces et poursuit à pleine voix :

« The captain had blown his brains out... »

Mais le moteur n'est pas respectueux des chansons anglaises. Il pète, hoquette, libère deux ou trois explosions au milieu du « captain had blown » et rend l'âme dans un grand soupir de vapeur. La voiture s'immobilise.

« Oh ! Saloperie de machine ! s'offusque l'Anglais, mécontent d'être interrompu au milieu de sa chanson. M'abandonner ainsi sur cette piste brûlante. Tu n'as vraiment aucune pitié de moi ! »

Il descend, donne un coup de pied de dépit dans les flancs fatigués des pneus, porte la main à sa casquette de Sherlock Holmes, la soulève et s'éponge le front d'un revers de main. Il tourne sur lui-même. Dans toutes les directions, le désert s'étend à perte de vue, vibrant de chaleur. La piste s'étire vers l'ouest, longue, très longue.

« Oh ! My God ! Je dois atteindre ce village arabe avant la nuit. La carte. Where is the map ? »

Il ouvre la portière arrière, fouille, s'empare d'un rouleau qu'il déplie. De vastes étendues sans noms occupent l'essentiel de la carte, des vallées sèches, vestiges de rivières qui serpentaient aux temps préhistoriques, des montagnes, des plateaux désertiques et puis, en pointillé, une piste qui conduit à un village perdu au centre duquel figure le point bleu d'un puits. L'Anglais suit la piste du doigt jusqu'au village. Il lisse sa moustache et dit, comme s'il parlait à un subordonné :

« Sir Edward, mettez en œuvre la devise de vos ancêtres : Marche sans écouter ce que disent tes pieds ! »

Il roule la carte, la glisse sous son bras à la manière d'une cravache d'officier, prend la vieille sacoche de cuir rouge posée sur le siège de la voiture, relève la tête et part dans le désert immense.

Le ramasseur de serpents est reparti vers le village. Mehmet est seul. Il s'est assis sur une pierre plate qui surplombe la vaste plaine de cailloux. Il n'a pas le courage de capturer les serpents. Il redoute le contact de ces corps nerveux qui s'enroulent parfois autour des poignets quand ils ont la tête immobilisée par l'extrémité fourchue du bâton. Quand la chaleur sera moins forte et que les corps des lézards commenceront à s'engourdir, il en attrapera quelques-uns pour remplir son panier. Son maître le réprimandera sans doute, mais qu'importe. Il scrute l'horizon en direction de l'est. Le soleil décline et la lumière pare les rochers de tons dorés beaucoup plus doux. Il a relevé un pan de sa djellaba sur sa tête. Le vent vient de l'est et il en reçoit la caresse tiède sur le visage. Un tourbillon de poussière monte à l'horizon.

« L'étranger s'approche, pense-t-il. Si je n'ai pas rêvé, il sera comme le serpentaire qui a attrapé le lézard. »

Mais il ne saisit pas le sens du message. Il lui semble évident que cet étranger ne vient pas pour capturer des lézards. À moins qu'il ne s'agisse d'un autre ramasseur de serpents puant et hirsute !

« Et le second oiseau de proie qui livre bataille au serpentaire pour lui voler le lézard ? Et la tête de momie apparue dans les flammes ? »

La piste passe en contrebas de l'endroit où est assis Mehmet. Au cours des siècles, les hommes ont rejeté les cailloux sur les bords pour que les ânes et les dromadaires ne se blessent pas. C'est l'absence de caillasses qui permet de deviner le long ruban de la piste qui s'étire jusqu'à l'horizon.

Au loin, un minuscule point gris-noir vient d'apparaître. Il vibre dans la brume du rideau de chaleur et Mehmet n'est pas encore sûr qu'il avance. Les minutes passent. Le point ne grossit guère, mais il se déplace sur la piste.

« C'est l'étranger ! Je n'ai donc pas rêvé. »

Il prend son talisman dans sa main et regarde le petit bijou en or. Son arrière-grand-père le portait au début du siècle. C'est grâce à son grand-père que la guerre entre les tribus venues des hauts plateaux libyens et l'armée de Farouk-Pacha a été évitée. C'est lui qui avait révélé les préparatifs de l'attaque. Comment en avait-il eu connaissance ? Nul ne l'a jamais su, mais son père lui a toujours affirmé que le talisman y était pour quelque chose et que d'autres ancêtres plus éloignés encore avaient accompli de grandes choses en faveur de la paix grâce à ce bijou.

Le point sombre est devenu une silhouette plus distincte. Mehmet discerne maintenant un homme qui marche d'un pas vif. Le garçon s'étonne, parce que l'arrivant est seul et ne porte qu'un petit bagage à main. Les visites sont rares au village. De temps en temps, un camion venu du Caire ou des villes qui bordent le Nil, ou bien des marchands montés sur des ânes ou des dromadaires, mais des étrangers, c'est très rare. Parfois des géographes, des archéologues, des égyptologues. Plus rarement des touristes en mal d'aventure. Quand il en vient, ils voyagent dans des land-rovers qui ressemblent à des camions militaires et trimbalent un matériel impressionnant qu'on ne trouve pas ici.

L'homme avance rapidement. De temps en temps, il se baisse, ramasse un caillou et le jette au loin. Le vent porte le bruit du choc jusqu'au garçon. Bientôt, un bruit insolite lui parvient : le marcheur chante à tue-tête. Mehmet tend l'oreille et entend distinctement :

« *The captain had blown his brains out…* »

La voix se rapproche. Mehmet regarde l'inconnu vêtu d'une veste couleur sable aux multiples poches, d'un short qui découvre ses genoux et d'un curieux chapeau qui comporte une visière sur le front et une autre sur la nuque.

« *The captain had blown his brains out…* »

Il passe à hauteur de la pierre plate et aperçoit soudain le garçon assis, immobile, le panier et le bâton fourchu posés à côté de lui. Alors, sans hésitation et dans un arabe parfait, il lui lance :

« Salaam aleikoum. Peux-tu me conduire au village de Wâdi-al-Oâret ? »

2

MEHMET a accepté d'accompagner l'Anglais jusqu'au village. L'étranger est bavard et parle très vite, en appuyant ses phrases d'incessants gestes des mains. On dirait un Italien, ou un marchand des souks du Caire ou d'Alexandrie. Il dit qu'il n'a jamais quitté l'Angleterre et qu'il voyage hors de son pays pour la première fois. Mehmet a du mal à le croire parce qu'il parle un arabe sans accent et qu'il connaît même les mots particuliers qu'on emploie dans cette région d'Égypte.

« On peut tout apprendre par les livres et les cassettes. Tout ce qui nous est nécessaire se trouve dans les bibliothèques. C'est par les livres que j'ai appris l'arabe en prévision de ce voyage. L'arabe, ce n'est guère difficile. Je suis professeur et, pour étudier les textes anciens, dans ma jeunesse, j'ai été obligé d'apprendre l'égyptien de la seconde dynastie, l'araméen, le cananéen, le turc, le grec ancien…

—Vous parlez toutes ces langues ?

—Évidemment ! Je les lis et je les écris également. Je connais aussi le latin, l'hébreu, le galiléen, le druze et quelques autres dialectes qu'on parlait au Moyen-Orient dans les temps anciens. »

L'Anglais transpire fortement, mais il ne s'en rend pas compte et continue à avancer à grandes enjambées. Mehmet trottine pour le suivre. Il éprouve une grande curiosité pour cet homme qu'on dirait tombé du ciel au milieu du désert et qui soliloque comme s'il se trouvait devant un amphithéâtre rempli d'étudiants.

« Un homme ne devrait sortir de son pays que pour les grandes occasions. Encore ne devrait-il le faire qu'après avoir appris la langue du pays et étudié sa géographie, son histoire, ses coutumes. Il n'y a rien de plus ridicule qu'un touriste ignorant ! »

Il prend le rouleau de papier qu'il porte sous le

bras gauche et le pointe à la manière d'une règle vers le paysage.

«Ainsi, toi-même, sais-tu que le village de Wâdi-al-Oâret où tu habites est situé à proximité d'une immense vallée sèche où, jusqu'à la fin de l'ère tertiaire, coulait un affluent du Nil ?

— Non...

—Ce fleuve était immense. À cette époque, une plaine très verte s'étendait entre ton village et le Nil. Il y avait des hippopotames, des girafes, des buffles et des éléphants. Et puis un jour, un tremblement de terre a détourné le fleuve, qui n'a laissé que l'empreinte géante de son lit creusé pendant des millénaires. L'érosion provoquée par le vent et le sable déplacé par les tempêtes ont profondément remodelé le paysage mais, si tu observes attentivement la falaise qui s'élève à l'est, tu...»

Le regard de Mehmet suit la direction indiquée par le rouleau de papier que l'Anglais pointe vers la droite. C'est extraordinaire. L'homme n'est jamais venu ici, pourtant il explique des choses que nul homme au village, même le plus vieux, n'a jamais racontées.

« Pauvre Anglais ! pense Mehmet. Le soleil lui a tapé sur la tête. »

Le décalage entre la situation ridicule d'un touriste en panne de voiture dans le désert et ce discours de grand professeur est comique. S'il y avait d'autres enfants, Mehmet leur lancerait des clins d'œil moqueurs et rirait en cachette. Pour l'instant, tous deux marchent en oubliant la chaleur, les cailloux, la poussière de la piste et la fatigue.

« ... Le village de Wâdi-al-Oâret est bâti autour d'un puits très ancien. Eléazar Ben Yadih, un philosophe galiléen qui vivait à l'époque où Thèbes était la capitale des pharaons du moyen empire, venait très souvent dans ce village pour y étudier les secrets de la vie après la mort. « Contrairement aux autres villages du désert qui sont en général bâtis autour d'une oasis naturelle, simple résurgence d'une nappe phréatique affleurant le sol, écrit-il dans un récit rédigé en langue zélote intitulé " voyages ", Wâdi-al-Oâret est alimenté en eau par un puits très profond creusé dans la roche par la main de l'homme il y a plusieurs dizaines de siècles. » C'est pour cette raison que... »

La piste décrit une courbe montante. Quand ils

atteignent le point le plus haut de la colline, une centaine de cubes blancs apparaissent, serrés les uns contre les autres. Les portes et les fenêtres peintes en bleu s'ouvrent sur des ruelles étroites pour mieux lutter contre la chaleur. C'est le village.

Avec trois ânes, des hommes sont allés remorquer la guimbarde de l'Anglais et l'ont ramenée au village.

« Mon oncle est d'accord, annonce Mehmet. Tu peux mettre tes affaires dans sa maison. Elle est grande. Viens, je vais t'aider à les transporter.

— Merci. Merci beaucoup. Où en étais-je ? Ah oui… La bibliothèque du château de Marlborough contient de précieux manuscrits en cananéen. Sir Andrew Mac Gray, quand il était ambassadeur d'Angleterre à Damas, les avait échangés au consul d'Alger en poste à Beyrouth contre… je ne sais plus contre quoi, mais… »

Mehmet tourne les épaules, soupire en levant les yeux au ciel parce que cet interminable récit commence à la fatiguer. Il entraîne l'Anglais dans des ruelles tortueuses au sol inégal. L'ombre y rend la chaleur presque supportable. Des enfants jouent avec des petits chiens. Des femmes bavardent. Il y a des odeurs de pain, de mouton grillé, d'huile d'olive, de dattes et de figues qui sèchent au soleil. La voiture a été tirée devant une maison, sur la placette où se trouve le puits. Elle est maintenant entourée par les enfants du village, qui contemplent cet objet rare avec des yeux chargés d'étonnement.

« Par quoi faut-il commencer ? demande Mehmet en écartant deux ou trois petits pour se frayer un passage.

— Les livres, les sacs qui contiennent les manuscrits, les cartes. Attention à la grande boussole. Les jumelles aussi, et puis.... Non, laisse ce sac. Je vais le prendre moi-même. »

Aux yeux des enfants, Mehmet devient soudain un personnage important. Les vieux qui sont assis près du puits suivent cette brusque agitation d'un regard amusé.

« Ce soir, tu mangeras chez moi. Mon père te donne l'hospitalité. Il y aura aussi toute ma famille, mes grands-pères, mes oncles et plein de vieux qui veulent te voir. »

L'Anglais remercie machinalement. Puis il s'arrête, laisse pendre au bout de son bras le sac de cuir qu'il emporte dans la maison et interroge :

« Le ramasseur de serpents, est-ce qu'il sera là ? J'ai besoin de lui parler.

— Le ramasseur de serpents... c'est mon oncle.

— Bien... très bien. Je disais donc que, parmi les manuscrits qui se trouvent dans la bibliothèque du château de Marlborough, j'ai découvert un texte grec qui est en fait la traduction d'un texte beaucoup plus ancien écrit initialement en hiéroglyphes égyptiens. C'est le récit fait par un scribe qui était le secrétaire d'un architecte nommé... »

Mehmet n'écoute guère ce que dit l'Anglais. Il fait des allers-retours entre l'automobile et la pièce, portant les inépuisables bagages.

« ... J'ai donc acquis la conviction que cet architecte a conçu le temple souterrain où repose la momie du premier fils du grand pharaon. La momie du fils aîné de Ramsès II ! Tu réalises ? »

Mehmet porte une pile de boîtes qui lui monte jusqu'aux yeux. Il hoche la tête mais n'écoute rien. Une idée le contrarie : l'oncle-ramasseur de serpents sera effectivement là pendant la soirée. Et même sans ses fioles, l'odeur âcre des poisons le suit et rappelle au garçon les contorsions des serpents dont il a si peur.

Trois lampes à huile sont accrochées aux murs blanchis à la chaux. Les femmes ont déroulé les tapis et tout le monde est assis, le dos appuyé contre les murs. Mehmet a pris place entre son grand-père maternel et la plus grande de ses sœurs. En face de lui, enveloppé dans ses odeurs terribles, son oncle ramasseur de serpents roule des yeux noirs que la faible lumière des lampes rend encore plus brillants. Au milieu, posé sur une table très basse, il y a un grand plat garni de pigeons grillés, de mouton, de semoule et de dattes parfumées.

L'Anglais espérait nouer rapidement contact avec les gens de ce village et il se dit que, finalement, la panne de sa voiture lui a rendu un bien grand service. Au Caire, il avait acheté des cadeaux en prévision d'une telle rencontre. Il les offre au début du repas. Puis le père, d'un geste de la main, invite son hôte à se servir. L'Anglais tend la main vers le plat, confectionne habilement une boulette de semoule avec trois doigts, à la manière des gens d'ici, prend de la viande, des dattes et mange sans jamais se servir de la main gauche. Pour Mehmet, il est impossible qu'un homme ait appris les gestes de toutes ces coutumes dans les livres.

« Ce qu'il a dit quand nous marchions, ce sont des mensonges… il invente », pense-t-il.

On mange en silence. C'est la règle. Les petits ont le regard tourné vers l'invité et se risquent parfois à murmurer une parole dans l'oreille du petit frère ou de la grande sœur. Quand il boit l'eau du puits qui a un goût si particulier, il claque la langue en fermant les yeux pour mieux apprécier sa pureté, hoche la tête et manifeste sa satisfaction par un sourire. Les hommes, les vieux surtout, mangent lentement, en baissant les yeux, sans se soucier de ce qui se passe autour d'eux. Dehors, un animal du désert lance un cri perçant.

Au bout d'une heure, les femmes servent le thé à la menthe brûlant dans de jolis verres décorés d'arabesques entrelacées. L'Anglais se frotte les mains. On va enfin pouvoir parler.

« Dans mon pays, je suis professeur d'histoire et de géopolitique du Moyen-Orient antique, commence-t-il. Dans le cadre de mes études, je déchiffre chaque jour un grand nombre de manuscrits anciens. Or, au cours de recherches qui avaient un tout autre but, j'ai découvert des textes parlant de votre village et qui… »

Pendant une heure, toute la famille écoute, intriguée par le fait qu'on puisse parler de leur si petit village perdu au milieu du désert d'Égypte dans des manuscrits qui se trouvent dans de prestigieuses bibliothèques en Angleterre. Intriguée aussi par le fait qu'un étranger, qui dit n'avoir jamais quitté son pays, puisse connaître autant de choses sur le village, l'Égypte, les gens qui ont vécu autrefois et ceux qui y vivent maintenant.

« … de cette découverte. Ce n'est donc pas par hasard que j'ai décidé de venir à Wâdi-al-Oâret. Je m'adresse aux plus anciens, évidemment. »

Les plus anciens, eux, se regardent. Ils sont étourdis par tant de paroles, mais ils se sentent fiers d'être pris en considération par un grand professeur venu spécialement d'Angleterre pour leur parler. Le grand-père maternel de Mehmet parle le premier et les petits écoutent religieusement ce qu'ils ont déjà entendu des dizaines de fois :

« Notre village n'a pas toujours été un pauvre

village perdu dans le désert. Autrefois, du temps où de grands pharaons régnaient sur l'Égypte, la tradition raconte que Wâdi-al-Oâret était le village des embaumeurs. C'est ici qu'on embaumait les cadavres des princes et des puissants de ce royaume. Des marchands, venus de tout l'empire, empruntaient alors la piste pour livrer le lin, la myrrhe, les vases précieux, la gomme et les aromates rares. On trouve dans nos montagnes le natron, les sels et les animaux qui fournissent ce qui est nécessaire à la fabrication des produits indispensables à la confection des momies. De tout cela, il ne reste que de grandes cuves dans certaines de nos maisons… »

Le grand-père parle d'une voix très grave. D'autres prennent la parole à leur tour. Ils racontent la tradition transmise au cours des siècles par les générations qui se sont succédées dans ce village. L'Anglais ne semble guère surpris. Il a des mouvements de tête qui montrent qu'il sait déjà tout cela. Il n'apprend rien de nouveau et ce que disent les anciens ne fait que confirmer ce qu'il a découvert dans ses fameux livres. Au contraire, il paraît impatient. Aussi, quand les anciens se taisent, il éprouve une certaine satisfaction et s'autorise à poser des questions.

« De tout ce passé de village des embaumeurs, il reste la piste, les cuves, la tradition. Bien. Mais, pour embaumer des cadavres, il faut d'autres produits que l'on fabrique à partir de venins, d'extraits de substances produites par le fiel, les œufs ou les glandes des serpents, des reptiles ou des insectes. C'est pourquoi j'aimerais savoir quels produits vous fabriquez, vous, le ramasseur de serpents. »

Il interroge l'homme à la barbe hirsute. Un frisson parcourt les épaules des enfants qui se serrent les uns contre les autres. Cet oncle-là, ils le craignent beaucoup.

« Vous comprenez, si certaines pratiques s'étaient transmises jusqu'à nos jours, ce serait un formidable moyen d'analyser les composants employés par... »

Le ramasseur de serpents grogne. Il n'aime pas les curieux. Il se lève, les yeux brillants de refus, et se dirige vers la porte.

« Ce sont des secrets. Il ne faut pas chercher à savoir. C'est comme ça depuis la nuit des temps.

Il sort, laissant l'Anglais contrarié.

« Je n'ai pas voulu... »

Les enfants sourient. Décidément, ils se sentent mieux depuis que les odeurs désagréables ont disparu.

Les femmes servent à nouveau des gâteaux et du thé. Le parfum de la menthe emplit agréablement la pièce.

« Ce n'est rien, intervient le père de Mehmet, il n'a pas très bon caractère.

—J'aime mieux qu'il en soit ainsi, avoue l'Anglais dans un soupir de soulagement. J'avais peur de l'avoir vexé. »

Il boit une gorgée et reprend :

« Tout ce que vous avez raconté, je l'avais lu. Mais vous ne m'avez pas tout dit, alors je vais continuer. Les textes racontent aussi que dans des temps anciens, les soldats d'un grand pharaon sont venus et ont tué tous les habitants du village. On ignore pourquoi. Est-ce exact ?

— Oui... avoue le grand-père de Mehmet.

— Le village n'a pas été rasé, comme cela était prévu. L'eau est si rare dans le désert que le puits a attiré une autre population qui a remplacé celle qui avait disparu. Vous êtes tous les descendants de ces gens-là. »

Il s'arrête et porte le verre à sa bouche. Mehmet regarde la petite flamme de la lampe qu'on a posée sur la table quand on a enlevé le plat. La lumière vacille. Soudain, il la trouve plus blanche, plus courte. Il ressent la même curieuse impression que celle qu'il a éprouvée l'après-midi devant le feu d'épines. Il porte la main à son cou et serre la petite sauterelle en or. La flamme s'avive. Brusquement, en un éclair, la tête d'une momie pharaonique se dessine dans les flammes. Une momie d'enfant. La même que l'après-midi. L'instant d'après, tout a disparu. Il lève les yeux. Personne ne semble s'apercevoir de son trouble.

« Et puis, poursuit l'Anglais, il y a la légende des trois léopards. »

Les gens baissent les yeux. De cela, ils n'ont pas envie de parler. C'est vraiment un secret qui doit rester dans le village, un secret qu'on ne peut pas livrer à un étranger.

« Je comprends votre silence, ajoute-t-il en observant tous les visages un à un, mais je sais. Aussi bien en hébreu qu'en cananéen, en grec et même en arabe, j'ai trouvé des textes écrits au cours des siècles qui rapportent le même récit. Autour de ce village, dans les montagnes, vivraient trois ermites invisibles qu'on appelle « les trois léopards ». Existent-ils vraiment ? Mystère. On ne les a jamais vus. De génération en génération, ils se transmettraient, dit-on, un secret. Quand l'un des trois meurt, les deux autres adoptent un jeune berger. Ils mènent une vie d'ascètes. Comme ils ne meurent que très vieux (des textes affirment qu'ils vivent en général jusqu'à 110 ans), l'adoption d'un enfant ne se produit pas souvent, mais vous en avez probablement été les témoins au moins une fois. »

Les vieux baissent les yeux. Un homme pourtant se risque à prendre la parole :

« Il y a bien eu…

— Il n'y a rien eu ! le coupe immédiatement un vieillard à barbe blanche. Ce petit berger est tombé d'une falaise et les bêtes du désert l'ont probablement dévoré. C'est comme ça qu'il aura disparu. »

L'Anglais serre les lèvres. Pour lui, cette intervention constitue une preuve. Le ton de sa voix change et, pour détendre une ambiance devenue un peu pesante, il ajoute :

« Les hommes ont toujours aimé inventer des histoires mystérieuses. À Bagdad, on a inventé les mille et une nuits. Ici, c'est l'histoire des trois léopards. Ah ! l'imagination… »

Il se tourne vers les enfants et annonce dans un large sourire :

« J'ai des bonbons anglais dans mes bagages. Si le soleil les a épargnés, je crois qu'ils vous régaleront. »

3

DÈS qu'il l'a rencontré au bord de la piste, il a été clair pour Sir Edward que Mehmet deviendrait son petit serviteur. Cela lui semblait évident. Un savant égyptologue anglais utilise toujours un jeune garçon du pays qui assume ce rôle de domestique, d'aide, d'assistant, de collaborateur. Parfois de confident, pour ne pas dire de complice. Tous les professeurs partant en mission d'étude en ont un. Aussi, dès la fin de la soirée, Sir Edward se considère comme étant le nouveau maître de Mehmet.

« Ce n'est pas possible, je n'ai pas le temps, proteste le jeune Égyptien. L'école, le ramassage des serpents… Que diront l'instituteur et mon oncle ?

— Ils sont d'accord. Je leur en ai parlé. Et puis, je ne m'installe pas ici pour cent ans. Dès que je repartirai, tu retourneras en classe et tu chasseras les serpents.

— Mais... mon père...

— Tout est arrangé. On n'en parle plus. »

L'Anglais s'affaire dans la pièce, qui ressemble à une boutique mal rangée du souk d'Alexandrie. Il a ouvert les valises, sorti des vêtements, déroulé des cartes, feuilleté des livres, déplié des manuscrits, étalé des tas de pages de notes écrites de sa propre main. Le dentifrice est posé sur des papiers. Un pyjama aux rayures bleues est jeté à terre sur des chaussures. Une paire de lunettes est tombée dans une boîte de thé de Ceylan que l'Anglais a ouverte on ne sait trop pourquoi. C'est le grand désordre.

« Eh bien, ne reste pas figé comme une statue. Un garçon comme toi doit savoir ce qu'il convient de faire avec toutes ces... choses, pleurniche-t-il en pointant son doigt vers ses chemises et ses shorts. Moi, je suis tout à fait incapable de m'occuper de cela. »

Mehmet voudrait encore protester, mais la pensée des serpents enroulant leur corps nerveux autour du bâton ou de ses bras achève de le convaincre. L'Anglais est tellement amusant, curieux, intéressant. Et puis, il y a cette pensée qui lui a traversé l'esprit l'après-midi, au moment où il allumait le feu d'épines : « Un autre serpentaire approche ! ».

« C'est bien lui. Je sens que je dois l'accompagner. »

« Apporte la lampe. Je n'y vois rien. Hé, je te parle ! »

Mehmet prend la lampe et éclaire la table surchargée de papiers et de manuscrits très anciens au-dessus desquels est penché Sir Edward. Ils sont superbement calligraphiés; mais ils ne sont pas écrits en arabe et Mehmet ne peut pas les lire.

« Il y a sous tes yeux des textes vieux de plusieurs siècles, que dis-je ? de plusieurs millénaires. Il y en a en grec, en cananéen, en zélote, en hébreu. Regarde ce superbe papyrus, écrit en hiéroglyphes par le scribe qui accompagnait un général du grand pharaon Ramsès II. »

Les yeux de l'Anglais brillent. Il touche ces papiers du bout des doigts, en lit des passages à haute voix et prononce avec une aisance déconcertante des textes rédigés dans plusieurs langues très anciennes. Mehmet n'y comprend rien. Sir Edward s'enflamme, lit, parle, déclame, fait revivre des mots que les hommes n'ont pas prononcés depuis très longtemps. Et puis, brusquement, il se retourne, prend un livre écrit en arabe et le tend vers Mehmet :

« En recoupant les milliers de documents que j'ai étudiés depuis trente ans, je crois avoir découvert un grand secret. Mais… Chut ! Ce soir, les vieux du village ont confirmé mes déductions. Ce qu'ils ont raconté, je le savais déjà. »

Il agite le livre et annonce, triomphant :

« Le livre de l'Exode, chapitre 11, verset 5. Il est là, mon grand secret ! »

Dans la maison de Mehmet, il n'y a que deux livres : le Coran et le livre que Sir Edward agite en ce moment. Il le reconnaît immédiatement. Ce livre, c'est la Bible.

Mehmet tombe de sommeil, mais, avant de s'endormir sur la natte, dans la pièce voisine de celle où son nouveau maître poursuit ses lectures, il prend la Bible et cherche le passage que l'Anglais a cité.

La Bible, livre de l'Exode, chapitre 11, verset 5 :

« … Alors Moïse dit : *Ainsi parle Dieu : Vers le milieu de la nuit, tous les premiers-nés mourront dans le pays d'Égypte, aussi bien le premier-né de Pharaon qui doit s'asseoir sur son trône que le premier-né de la servante qui moud le blé.* »

Il reste songeur, essaie de trouver un rapport entre les vieux papiers écrits dans des langues inconnues que l'Anglais a étalés sur la table et ce passage de la Bible. Mais il ne trouve qu'une explication : l'Anglais est fou !

Le lendemain matin, Sir Edward est encore assis à sa table quand Mehmet entre dans la pièce pour lui apporter du thé et des dattes. Sans doute ne s'est-il pas couché et a-t-il lu toute la nuit ! Peut-être a-t-il succombé un court moment au sommeil dans cette position, la tête appuyée sur la main !

« Je te confie cette somme d'argent, dit-il à son serviteur. Loue des ânes. Achète de la nourriture, des choses, des… enfin, des trucs, tu sais bien. Tout ce qui est nécessaire pour vivre dans le désert pendant une semaine, quoi.

— Nous allons partir ? » s'étonne Mehmet.

L'Anglais ne répond pas, tant cette question lui semble saugrenue. Il hausse les épaules et poursuit :

« Et des lampes aussi, avec un ou deux bidons de pétrole en réserve.

—On va marcher la nuit ? Le désert, la nuit, c'est dangereux et ...

— Ne discute pas. Presse-toi. On partira demain matin avant le lever du jour. Moi, je m'occupe des choses importantes. Allez ! Presse-toi. »

Sir Edward se lève et lui tend une poignée de billets. Mehmet sourit. Il prend l'argent, et le sentiment d'être devenu quelqu'un d'important l'envahit aussitôt. Jamais il n'a eu autant d'argent en main. C'est lui qui va décider de ce qu'il faut acheter. C'est lui qui va marchander avec les gens du village et discuter les prix comme un homme. Peut-être même pourra-t-il rouler cet Anglais qu'il trouve un peu prétentieux. Alors, ses dernières réticences s'envolent. Au diable les serpents ! Au diable les odeurs fortes et désagréables qu'il respire du matin au soir dans l'antre de son oncle ! Il se redresse, l'œil brillant et rusé, se met au garde-àvous et répond, à la manière d'un soldat de Sa Majesté :

« Yes, Sir Edward ! »

À midi, Mehmet a presque terminé. Il revient avec deux petits ânes blancs particulièrement vigoureux sur lesquels ils pourront s'asseoir et une ânesse brune beaucoup plus haute qui porte une paire de couffins débordant de matériel : de quoi établir un campement, de l'eau, de la nourriture. Plusieurs lampes et deux bidons de pétrole. De quoi vivre dans le désert une grande semaine. Aussi Mehmet est-il surpris et contrarié à son retour quand il constate que Sir Edward a commencé à entasser un fatras impressionnant : des sacs remplis de papiers, des rouleaux de cartes, des livres, mais aussi des pics de fer, des pelles, des outils divers.

« J'ai retrouvé ma paire de lunettes, annonce-t-il sur un ton de victoire en ajoutant sur le tas de matériel la boîte de thé de Ceylan où elle était tombée ainsi qu'un réchaud à gaz.

—On ne va pas emporter tout cela ! s'insurge Mehmet.

— Il faut aussi prendre la moustiquaire. Il suffit qu'un insecte vibre autour de moi pour que je ne ferme pas l'œil de la nuit. As-tu les lampes ? »

Mehmet regarde le tas, effaré :

« Il y a des choses inutiles. On trouve toujours de quoi faire du feu dans le désert. À quoi nous servira ce machin quand la recharge sera vide? L'ânesse ne pourra pas porter tout ça ! »

Mais l'Anglais est déjà accaparé par d'autres pensées. Ces problèmes ne l'intéressent pas. N'est-ce pas le travail d'un serviteur de résoudre ces détails de transport ? Il coupe court.

« Cet après-midi, je dois parler à ton oncle. »

Mehmet grommelle. Il va être obligé de fixer plusieurs paniers sur le dos des deux petits ânes et de les remplir jusqu'à la gueule. Il explore le bric-à-brac et s'insurge à chaque découverte :

« Un jeu d'échecs ! Avec qui comptez-vous faire une partie ? Je ne sais pas jouer.

—Si, je l'emmène. »

Mehmet prend le jeu, le place dans un couffin puis, quand l'Anglais a le dos tourné, il le retire et le glisse à nouveau dans la malle.

« Une, deux, trois… neuf chemises ! Et des cravates de soie ! Et des flashes d'appareil photo ! Qu'allez-vous photographier la nuit dans le désert ? »

L'Anglais s'irrite et dit avant de sortir.

« Range toutes ces choses et prends-en grand soin ! Nous partirons dès trois heures demain matin. »

Mehmet hausse les épaules, contrarié parce que les ânes blancs seront trop chargés. Décidément, l'Anglais a des idées très bizarres.

« Et en plus, il faudra marcher ! »

Hier après-midi, Sir Edward a beaucoup parlé avec les gens du village. Il a observé le puits millénaire. Il n'en finissait pas de poser des questions. Puis il a été invité dans la maison des uns et des autres. Il a bu le thé à la menthe, encore parlé, encore posé des questions. Toute la soirée, l'Anglais est resté chez le ramasseur de serpents, qu'il a réussi à convaincre de lui expliquer les mille flacons et fioles qui contiennent les liquides aux couleurs étranges et aux odeurs détestables.

Aussi, ce matin, Mehmet a beaucoup de mal à le réveiller. Ils ne sortent du village qu'à quatre heures, au moment où l'aube commence à rougeoyer dans le ciel.

« Que c'est beau ! » s'émerveille l'Anglais.

Les ânes contournent la colline contre laquelle s'adosse le village et abordent le désert. Après les ruelles étroites et encore sombres, le paysage est brusquement infini. Ils laissent sur leur droite la plaine de cailloux où il est si difficile de marcher (et où les serpents sont si nombreux !) et s'engagent vers le sud-ouest. Des kilomètres de sable dur s'étendent jusqu'aux montagnes de roches rouges et ocres qui barrent l'horizon.

« Si nous n'avions pas emporté autant de matériel, ronchonne Mehmet, nous aurions pu nous asseoir sur les ânes au lieu de marcher. »

Mais Sir Edward ne l'entend pas. Il est heureux, impatient de se rendre vers ce lieu connu de lui seul. Il chante et marche comme un officier de la garde royale :

« The captain had blown his brains out… »

Dès qu'ils redescendent l'autre versant, le village disparaît. Le soleil monte à l'horizon et son gros ventre rouge se transforme peu à peu en un disque d'or qui se met à piquer la peau. La chaleur se fait sentir.

« *The captain had blown his brains out…* »

Les petites jambes des ânes sont agiles et rapides. Mehmet a l'habitude de marcher à leur rythme, mais l'Anglais transpire et repousse fréquemment sa casquette à double visière vers l'arrière pour s'éponger le front.

« *The captain had blown his brains out…* »

Il s'arrête de chanter et dit, comme s'il poursuivait une très longue conversation intérieure :

« Extraordinaire ce qu'on peut faire avec des venins de serpent ! Il y a chez ton oncle de quoi guérir ou empoisonner toute la ville de Londres. À mon retour, il faudra que je dresse l'inventaire de ce qu'il fabrique. Mais où diable a-t-il bien pu apprendre autant de choses ?

— Avec son père, précise Mehmet.

— Garçon, tu me donnes une mauvaise réponse, rétorque l'Anglais, car, à son tour, où son père a-t-il bien pu apprendre tant de choses ?

— Avec son père, ou un oncle, ou son grand-père. C'est toujours ainsi que se transmettent ces secrets. Un jour, ce sera moi.

— Alors, c'est bien ce que je pense, réfléchit Sir Edward. De génération en génération, on remonte aux embaumeurs de l'époque des pharaons. Les embaumeurs étaient des gens extraordinaires. Ils connaissaient les produits qui conservent indéfiniment les corps, aussi bien ce qui est fabriqué à partir des venins ou des autres substances animales que les sels et les minéraux qui se trouvent à l'état brut dans la nature. Extraordinaire ! Vraiment incroyable que ces connaissances qui ne sont écrites nulle part aient pu se transmettre à travers les siècles ! »

Le désert est tellement vaste et les montagnes tellement lointaines qu'ils marchent pendant toute la matinée en gardant l'impression de ne pas progresser, comme si le sable était un immense tapis roulant sur lequel ils s'épuiseraient sans avancer d'un millimètre. L'Anglais parle. Il raconte ses travaux dans les bibliothèques, les archives des musées ou des châteaux. Il parle des dizaines d'années qu'il a consacrées à l'étude des manuscrits anciens, de ses recherches, de ses découvertes inouïes, même si Mehmet pense parfois qu'elles ne

servent à rien et qu'elles ne sont importantes pour personne, sauf pour Sir Edward, évidemment.

« ... C'est grâce au recoupement entre ce morceau de papyrus et le texte du grec Amitrios que j'ai pu prouver qu'au temps du pharaon Chéops, on utilisait un calendrier de 365 jours, mais, néanmoins, ils savaient parfaitement que l'année solaire compte un peu plus de 365 jours. Les observations astronomiques étaient à ce point développées que les savants de l'époque s'étaient rendu compte que la Terre... »

Les ânes trottinent, infatigables. L'Anglais et son aide aussi marchent, minuscules silhouettes perdues dans le vaste désert. Le soleil arrive à son zénith. Il fait maintenant très chaud. Mehmet a recouvert sa tête avec le tissu marron de son vêtement. L'Anglais, au contraire, a enlevé sa veste et abaissé ses longues chaussettes sur ses chevilles. Le soleil mord cette peau blanche parsemée de taches de rousseur. Les coudes et les genoux de Sir Edward sont rouges. Mais il ne semble pas s'en rendre compte. Il parle, inlassablement :

« De toutes les études passionnantes que j'ai conduites dans les archives des bibliothèques anglaises, l'étude de la politique extérieure du grand pharaon Ramsès II a été la plus riche. Ramsès II ! Quel pharaon ! Un règne de soixante-six ans plus de douze siècles avant Jésus-Christ ! Fabuleux ! Des textes en égyptien, en araméen, hébreu, philistin et dix autres langues parlées au Moyen-Orient à cette époque racontent la vie de ce roi remarquable. Je vais t'étonner : j'ai découvert que, lors de la bataille de Kaddish, qu'il livra contre les Hittites, Ramsès II…

Sir Edward parle encore, et son discours est infini, comme l'immense désert où ils se déplacent comme des fourmis. Mehmet le laisse prendre un peu d'avance pour échapper au discours. Le professeur continue à parler, et seul son âne semble l'écouter. Ils atteignent la grande vallée sèche où Sir Edward dit qu'un fleuve coulait, dans les temps très anciens. Mehmet arrête les ânes à l'ombre de gros rochers. Sir Edward s'étonne, s'éveille alors à la réalité et demande naïvement :

— Que fais-tu ?

— Le thé, Sir Edward. Il est l'heure du thé. »

Sir Edward se désintéresse totalement de ces préparatifs. Tandis que, la boussole et la carte à la main, il escalade les roches pour observer l'endroit, Mehmet ramasse des épines et allume le feu. Il pose la bouilloire remplie d'eau sur les trois pierres du foyer. Puis il fouille dans les paniers et sort les galettes de sorgho, les dattes, le miel, deux beaux verres, le thé, les feuilles de menthe. En attendant que l'eau soit bouillante, il donne un peu d'eau aux ânes et les conduit à l'ombre, dans un endroit plus frais où ils s'allongent sur leurs pattes repliées pour se reposer.

« Ramsès II a été le seul pharaon à… »

« C'est reparti ! » pense Mehmet.

Pendant le bref repas et la courte sieste qui suit, Sir Edward n'arrête pas. Il sait tout de Ramsès II et il en parle en donnant tant de détails que Mehmet a bientôt l'impression que Ramsès II et Sir Edward sont de la même famille.

L'après-midi, c'est une véritable folie de reprendre la marche dans le désert. Le sable et les roches sont chauffés à blanc par le soleil et renvoient comme des miroirs la fournaise dans les jambes des marcheurs. Les pieds brûlent. Heureusement, ils remontent maintenant la vallée sèche et, de temps en temps, ils se trouvent à l'ombre d'un pan de roches. Pendant l'heure qui suit la sieste, Sir Edward reprend ses :

« The captain had blown his brains out... ».

Mais la voix se fatigue et le rythme s'amollit. Au bout d'une demi-heure, la chanson se transforme en un marmonnement inaudible. Les ânes sont les moins gênés. Ils trottinent sans infléchir le rythme. Mehmet, bien couvert, marche à leur côté. L'Anglais a la peau de plus en plus rouge. Il s'arrête fréquemment pour boire l'eau de la gourde qu'il porte à la ceinture. Au milieu de l'après-midi, il prend du retard et traîne quelques centaines de mètres en arrière. Petit à petit, le soleil commence à descendre. Les couleurs se nuancent de teintes plus douces. C'est superbe. Le désert devient un enchantement pour l'œil. Les roches demeurent brûlantes. La température est forte. Vers cinq heures, le vent du soir se lève. La large vallée sèche se resserre. Le lit se creuse, les berges de roches ocres s'élèvent.

Mehmet n'est jamais venu dans ce secteur. Ici, le désert est encore plus désert. Même les bandes de chèvres n'y trouvent aucune pitance. Les oiseaux sont rares. Seuls de courts serpents rouges ou orange se faufilent furtivement entre les cailloux. Une bifurcation se présente devant les ânes. Mehmet les arrête et se retourne pour demander à l'Anglais quelle direction il faut prendre. Mais Sir Edward est loin. Il marche en s'appuyant sur un bout de bois qu'il a trouvé on ne sait où. Le garçon s'accroupit sur ses talons.

« Au sud-ouest, toujours au sud-ouest », crie Sir Edward en pointant le bâton.

Il tient sa grande boussole à la main, tend le bras vers la droite pour indiquer la bonne direction à Mehmet. Il est épuisé et, de peur de ne pas pouvoir repartir s'il s'arrête un instant, il passe devant les ânes et s'engage, tel un somnambule, dans la direction qu'il vient d'indiquer. Il titube.

« Sir Edward, la nuit tombe vite dans le désert. Vous ne croyez pas qu'il est l'heure de monter le campement ?

— La nuit… Oh non ! Il faut avancer… »

Mais la fatigue a raison de lui. Il hésite, s'assied sur une pierre et ajoute aussitôt :

« … Tu as raison. Je n'en peux plus. »

Les ânes s'accroupissent sur leurs pattes repliées. Mehmet ôte les paires de paniers et tout le chargement qu'ils contiennent. Avec quelques piquets, de la corde, une toile, des pierres, il monte deux tentes. Puis il prépare un foyer, ramasse des épines qu'il donne aux animaux pour qu'ils les rongent, range, déballe, s'affaire.

Sir Edward attend, toujours assis sur sa pierre. Il enlève ses chaussures et ses chaussettes. Ses pieds endoloris sont blancs comme le lait ! Il les masse longuement tout en consultant la carte qu'il a dépliée sur ses genoux.

« Nous avons bien marché, dit Mehmet. Trente-cinq à quarante kilomètres sans doute.

— Trente-huit, précise le professeur. Nous ne sommes plus très loin. Demain, en partant à l'aube, nous arriverons bien avant midi.

— Nous arriverons… où ? » interroge Mehmet.

Jamais il ne demande à son oncle le ramasseur de serpents où ils se rendent quand ils partent tous les deux dans le désert. Un aide n'a pas à poser ce genre de question. Le maître sait où il va. Mais, depuis le début des préparatifs, cette question lui brûle les lèvres.

« Où ? répète l'Anglais. Là ! »

Il plante le bout de son index sur sa carte.

« Une dizaine de kilomètres en amont, cette vallée doit être bordée par des falaises plus hautes, plus abruptes. J'ai lu les textes anciens à la manière d'un commissaire de police qui mène une enquête. Les indices que j'ai glanés dans ces centaines d'écrits me laissent penser qu'il existe une grotte quelque part au flanc de ces falaises. C'est pour la trouver que j'ai fait ce voyage. »

Une grotte ! Mehmet n'en croit pas ses oreilles.

« Mais, des grottes, on en trouve des centaines dans les montagnes ! Les bergers les connaissent. On les utilise pour protéger les chèvres des bêtes du désert quand on est trop loin du village pour rentrer avant la nuit. Si c'est pour explorer une grotte que nous nous donnons tant de mal ! »

L'Anglais sourit. Ses yeux fatigués et cernés s'allument soudain.

« Non, pas une grotte… *La* grotte ! Si les textes disent vrai… »

La lumière du crépuscule colore le ciel. L'eau chauffe. La bouilloire siffle. Pendant que Mehmet prépare le repas, Sir Edward se lève, masse son dos, ses genoux et entre sous sa tente. Peu de temps après, quand le bruit sourd des bagages bousculés laisse imaginer le désordre, l'Anglais ressort, vêtu d'un pyjama jaune à rayures bleues. Il a remis ses chaussures et sa casquette à double visière. Un Anglais en pyjama jaune coiffé d'une casquette à la Sherlock Holmes en plein milieu du désert égyptien ! C'est une vision incroyable ! Lui ne semble pas s'en rendre compte. Malgré la fatigue, le professeur reprend son interminable cours :

« Un manuscrit araméen raconte que Ramsès II, en 1248 avant notre ère, juste après l'inondation du Nil qui… »

Mehmet lui tend la semoule, les dattes, l'eau. L'Anglais parle, parle, parle. Le long discours coule comme un fleuve immense. La nuit s'épaissit. Petit à petit, l'immobilité engourdit Mehmet. Quand les premières étoiles s'allument dans le ciel et que la fraîcheur de la nuit se fait sentir, il ne reste plus dans le désert que la petite flamme du foyer près de laquelle un Anglais en pyjama jaune donne un cours d'histoire ancienne à un jeune Arabe endormi.

4

LA fatigue de la veille est si grande qu'ils continuent à dormir après que le soleil a dépassé les crêtes. Quand la lumière est franche, les ânes se mettent à braire. Les ânes célèbrent toujours le soleil par des braiments puissants. C'est ce « hi-han » rauque qui les réveille. Mehmet frotte ses yeux. Sir Edward sort de la tente en étirant ses bras vers le ciel.

« Salaam aleikoum, dit-il.

— Aleikoum salaam.

— Belle journée en perspective, n'est-ce pas ?

— Oui, mais nous partirons au mauvais moment. La chaleur monte vite, regrette Mehmet.

— Ce n'est pas grave, dans deux ou trois heures, nous y serons.

— Si cette grotte existe... »

Mehmet prépare des oranges et du thé (pour eux deux), des œufs (pour Sir Edward) et des dattes (pour lui-même), range les bagages, démonte les tentes, charge les ânes. Sir Edward, en short long, veste d'explorateur et casquette anglaise, mange distraitement, une carte à la main, puis il entreprend de se brosser les dents. Il frotte dans tous les sens, se gargarise, tire de sa gorge des roucoulements d'eau chargée de dentifrice et crache dans le sable. Quand ils partent, il commence à faire chaud.

« The captain had blown his brains out... »

L'Anglais marche à grands pas et devance les ânes. Une demi-heure après, les ânes l'ont rejoint et il chante moins fort. Une heure encore, et il est derrière, balbutiant des « The captain had blown his brains out... » que l'on n'entend presque plus. Comme la veille.

Un peu avant midi, le paysage change : le lit de la vallée sèche se resserre et une falaise de calcaire rouge, légèrement dorée, s'élève sur le flanc ouest, majestueuse, complètement offerte au soleil levant.

Elle surplombe un désert au sable presque blanc, parsemé de roches rouges. Au loin, la ligne bleue d'une montagne barre l'horizon et évoque la mer.

« C'est là ! s'exclame Sir Edward, visiblement très ému. C'est tel que les textes anciens le disent ! »

Un frisson parcourt Mehmet. Au village, les vieux rapportent un récit terrifiant où il est question d'une falaise faisant face à la mer… Cette légende, c'est celle des « trois léopards », les trois ermites invisibles de l'histoire que Sir Edward s'est fait raconter le soir où il est arrivé.

« Fabuleux… Incroyable… Merveilleux… »

Brusquement, l'Anglais se précipite vers ses bagages, ouvre des sacs, en tire des feuilles de papyrus jaunies.

« Il n'y a qu'à les suivre. Tout est écrit. »

Mehmet n'a jamais vu les yeux d'un homme briller avec une telle intensité. Il prend la corde et tire les ânes derrière lui. Il a du mal à suivre, tant l'excitation de son nouveau maître est grande. Sir Edward lit en marchant, parcourt successivement un papyrus écrit en hiéroglyphes, un papier rédigé en grec ou en araméen. Il lève la tête, fouille la falaise du regard pour y rechercher les indices décrits par les textes. Ces roches-ci sont semblables à toutes les autres roches du désert. Pourtant, l'incroyable se produit : des signes apparaissent sur la paroi dès que Sir Edward pointe le doigt :

« Là ! L'ibis rouge ! Là, regarde ! »

L'Anglais montre tour à tour le papyrus et la falaise. Effectivement, se fondant dans la mosaïque des roches comme un caméléon dans la forêt vierge, parfaitement invisible à l'œil du voyageur ignorant, la gravure d'un ibis apparaît. L'oiseau, très finement sculpté, est remarquablement conservé. Les siècles n'ont en rien abîmé la précision de ses contours.

« C'est un endroit protégé des vents de sable, du froid, des tempêtes. L'érosion n'a aucun effet sur lui. Voilà pourquoi il a conservé sa beauté d'origine. Et ce mimétisme qui le confond avec les roches de la paroi ! Étonnant ! »

Sir Edward plonge à nouveau dans ses écritures, pris d'une frénésie qui le fait trembler. Il lit comme on lit dans un guide, marche, observe, cherche. Un autre ibis rouge apparaît, puis un autre plus loin, et un autre encore. Là où Mehmet ne voyait que des roches informes, le professeur fait surgir des dizaines de magnifiques gravures d'oiseaux qui leur révèlent un chemin secret.

Soudain, Sir Edward s'arrête et tourne rapidement ses feuillets.

« C'est là ! La grotte… elle est là ! »

Mehmet observe la falaise. Il ne voit que des roches brunes et rouges qui s'étagent jusqu'à une hauteur d'une cinquantaine de mètres. Son regard fouille chaque anfractuosité à la recherche du trou noir d'une entrée de grotte. Mais rien.

« Il faut suivre à la lettre les indications des textes. Attache les ânes et viens avec moi. Il faut escalader la paroi jusqu'à son sommet. Le dernier ibis rouge se trouve là-haut. Presse-toi ! »

Mehmet attache les animaux et le rejoint. Selon les indications, Sir Edward entreprend l'escalade beaucoup plus à gauche, par une voie indiquée sur le papyrus. Leurs mains rencontrent des prises manifestement préparées pour faciliter l'ascension. L'escalade les ramène vers la droite, à l'endroit précis que le professeur pointait du doigt tout à l'heure. Quelques mètres avant d'atteindre la crête, ils découvrent la statuette de l'ibis rouge dissimulée dans une faille invisible d'en bas.

« Nous y sommes ! Il suffit de pousser ce rocher et l'entrée de la grotte se découvrira. C'est écrit.

— Ce rocher est trop petit. Il ne peut pas dissimuler l'entrée d'une grotte, remarque Mehmet. Ou alors, c'est une grotte pour un serpent.

— Aide-moi… »

Le professeur et le garçon posent les mains sur le rocher et le poussent. Le bloc bascule, ne découvrant aucune cavité. Pendant une fraction de seconde, ils sont déçus. Mais le rocher précipité dans le vide éclate soudain sur une masse arrondie qui se trouve aux deux tiers de la hauteur. Ils se penchent. La grosse roche qui vient d'être frappée bouge, se détache, presque au ralenti, roule, bascule à son tour dans le vide… Et un trou noir apparaît.

Dès qu'ils arrivent à l'entrée de la gueule noire et mystérieuse, une odeur forte les saisit aux narines et les fige sur place.

« La même puanteur que certains produits de mon oncle ! s'exclame Mehmet en rabattant le pan de sa djellaba sur son nez.

— C'est signe que cette grotte n'est pas vide, en

déduit Sir Edward. Qu'est-ce qu'il fait noir ! Descends chercher les lampes.

—Parce qu'il faut vraiment qu'on rentre là-dedans ? »

Le professeur ne répond pas. Il fait un signe nerveux de la main qui signifie qu'il n'a pas l'intention de discuter. D'ailleurs, il se replonge déjà dans ses papiers. Mehmet va chercher les lampes, vérifie que les réservoirs de pétrole sont pleins. Il enfile ses bras dans les larges poignées et reprend l'escalade. Plus il approche de l'entrée, plus l'odeur piquante lui rappelle les fioles du ramasseur de serpents.

« À l'intérieur, nous devrions trouver un couloir étroit et assez long. J'espère qu'il n'a pas été muré. »

Sir Edward tend des allumettes. Mehmet dégage les mèches, allume et règle les flammes.

« ... Il y a peut-être des serpents...

—Allons-y », rétorque Sir Edward, fébrile et impatient.

L'entrée ovale mesure à peu près un mètre vingt de hauteur. Sir Edward tend la lampe au bout de son bras et y engage les épaules. Il plie les jambes, baisse la tête, arrondit le dos et disparaît complètement, comme avalé par le trou.

« Suis-moi et fais attention. C'est bas de plafond. »

Mehmet éprouve soudain une curieuse impression, le même trouble que celui qu'il avait ressenti dans le désert en allumant le feu, juste avant l'arrivée de l'Anglais. Parce qu'il ressent le besoin d'une protection, il porte la main à son cou et serre la petite sauterelle en or. Il lève la lampe. La flamme est courte, presque blanche. Il s'en dégage une force qui le rassure et l'incite au calme. Il s'engage à son tour dans le souterrain. La lampe l'éblouit et il ne voit rien devant lui. Le souterrain a été grossièrement taillé et la roche reste brute. Plus il avance, plus l'odeur devient prenante.

« Je suis là. Avance encore de quelques mètres. »

La voix de Sir Edward est caverneuse, déformée.

« Qu'est-ce que ça cocotte là-dedans ! »

Subitement, le sol descend en une pente rapide tandis que le plafond s'élève. Le souterrain devient un vaste couloir bien rectangulaire dont les murs sont bâtis de pierres soigneusement ajustées et polies.

« Étonnant ! Tu peux te relever. On ne risque plus de se cogner la tête.

— Ce n'est pas plat. Le sol est drôlement incliné.

— Oui. Cette construction s'enfonce dans le cœur de la montagne. Plus nous avancerons, plus l'épaisseur de roches sera grande au-dessus de nos têtes. »

Leurs yeux commencent à s'habituer à l'obscurité. Ils tendent les lampes en avant. Le couloir est large et ils peuvent facilement se placer l'un à côté de l'autre, ce qui rassure Mehmet. Par contre, le couloir apparaît prodigieusement long, si long qu'on n'en aperçoit pas le bout.

« Avançons, décide Sir Edward. Si les papyrus disent vrai, nous devrions rencontrer un escalier d'une vingtaine de marches, puis deux autres plus importants ensuite. »

Ils marchent sur des dalles régulières qui descendent maintenant en pente douce. La lumière jaune des lampes fait danser sur les murs des ombres noires qui ressemblent à des fantômes aux corps déformés et mouvants. Effectivement, au bout d'une quarantaine de mètres, ils rencontrent un premier escalier aux marches basses. Le second palier dessine un angle à gauche mais conserve la même inclinaison que le premier. Ils atteignent un second escalier qui compte effectivement davantage de marches.

« On va se retrouver au centre de la terre ! »

Le troisième palier fait à nouveau un angle, à droite cette fois, comme pour revenir dans la direction initiale. Les senteurs restent fortes et piquantes, mais des parfums plutôt agréables supplantent petit à petit les odeurs de venin et d'œufs de lézards.

« Tu peux te mettre le nez à l'air. Ce qu'on sent, c'est la myrrhe, l'encens, le natron, la gomme, l'huile. »

Le troisième escalier est long, abrupt, difficile. Les marches sont très hautes, si hautes que l'ombre de l'une cache la suivante. On ne voit pas où on pose le pied. De plus, le couloir décrit un brusque coude dans le bas, ce qui étouffe complètement la lumière. Ils lèvent les lampes mais ne réussissent qu'à s'aveugler davantage.

« Et en plus, c'est humide maintenant !

— Ce sont les infiltrations d'eau. Il ne pleut pas souvent dans le désert, mais la moindre pluie met des mois à s'infiltrer goutte à goutte dans une roche aussi dure. Elle doit parcourir les fissures les plus minuscules avant de se… Attention ! »

Sir Edward lâche sa lampe et saisit violemment Mehmet par les deux épaules à la fois. Il le tire en arrière et tous deux retombent sur les marches. La lampe qu'il vient de lâcher plonge dans un trou vertigineux. La chute paraît très longue. Au moment où elle touche le fond, elle explose littéralement et le pétrole contenu dans le réservoir s'embrase dans le souffle d'une énorme flamme qui transforme ce trou en une infernale gueule de monstre. Puis tout s'éteint et ils se retrouvent dans le noir complet. Ils respirent très fort.

« Tu n'as rien ? demande Sir Edward.

— … Je ne crois pas… Et vous ?

— J'ai eu peur ! As-tu perdu ta lampe ?

—Non, mais elle s'est éteinte dans le choc. Attendez… Les allumettes sont dans ma poche. »

Mehmet passe la lampe au professeur. Il fouille dans ses poches, sort les allumettes et en gratte une. La lumière rassurante réapparaît. Il approche la flamme et rallume. Un trou béant s'ouvre juste en dessous de la marche sur laquelle ils sont assis. Ils sont à quelques centimètres d'un gouffre profond. Instinctivement, ils remontent de plusieurs degrés.

« Si des marches se sont effondrées, tout l'escalier peut suivre ! dit Mehmet.

—Ce n'est pas un effondrement, rectifie le professeur qui s'assoit et retrouve rapidement son calme. C'est un puits creusé exprès. Il n'est pas mentionné, mais j'aurais dû m'en douter et te prévenir. Les anciens Égyptiens craignaient beaucoup les pillards. C'est pourquoi ils tendaient des pièges destinés à éliminer tous ceux qui se risqueraient dans de tels endroits. Beaucoup de voleurs sont morts en voulant profaner des tombeaux. Des savants aussi. Regarde ! »

Sir Edward tend la lampe. Au fond du puits, une cinquantaine de mètres plus bas, le pétrole achève de se consumer. On ne voit plus qu'un lumignon rougeoyant. Ils écarquillent les yeux.

« Ce puits sert aussi à drainer les eaux d'infiltration, poursuit-il. C'est pour cela que le couloir est constamment en pente. De l'autre côté, ce sera sans doute plat.

— Parce qu'on continue ? »

Sir Edward ne répond pas. Il s'allonge sur la marche, le corps tout entier au bord du précipice, et laisse pendre sa lampe dans le vide. La lumière lèche les parois abruptes. Sept poteries brunes en forme d'énormes tétines apparaissent. La paroi ressemble au ventre d'une femelle gigantesque dont les mamelles gonflées s'offriraient à la tétée de petits monstres.

« J'ai l'impression qu'il y a des squelettes au fond, avance Mehmet !

— Impossible, tranche Sir Edward. Regarde. Derrière ces poteries, sous cet escalier, il y a probablement une immense réserve de sable fin. Si on casse les poteries, le sable s'écoule dans le puits. D'ailleurs, le volume du puits correspond sans doute au volume de sable qui se trouve stocké sous cet escalier et ces couloirs. L'écoulement du sable doit provoquer l'affaissement du plafond, des murs, des couloirs. Le tombeau se ferme alors définitivement. Inaccessible à jamais. À moins de faire sauter la montagne tout entière, plus personne ne pourrait jamais plus pénétrer dans cet endroit. S'il y avait des squelettes, c'est que quelqu'un serait déjà tombé dans ce puits. Or, dans sa chute, le corps aurait brisé les poteries et le système aurait fonctionné. »

Mehmet écoute. Il ne retient de ces explications qu'une seule chose : s'il était tombé, non seulement son corps se serait écrasé au fond, mais, en passant, il aurait brisé les poteries qui auraient déclenché un mécanisme diabolique. Sir Edward retrouve sa superbe, se met debout et explique encore.

« Regarde. Le puits a la largeur de trois marches. Juste de quoi surprendre les intrus. Il suffit de faire une enjambée. Ce n'est pas compliqué. Hop ! »

Il allonge une jambe pour faire un pas de géant. Un instant, il se trouve à la verticale du gouffre, puis il prend appui sur la marche inférieure et se retourne en tendant le bras :

« À toi, maintenant. Tu ne risques rien. »

Mehmet n'est pas rassuré. Ses jambes sont plus courtes que celles de l'Anglais.

« Allez. Prends ma main. »

Quand leurs doigts se touchent, Mehmet serre fortement, éprouve une irrésistible envie de fermer les yeux et fait un saut si puissant qu'il chuterait dans la partie inférieure de l'escalier si Sir Edward ne le retenait pas.

« Bien. Nous pouvons continuer.

— Rendez-moi d'abord ma lampe. C'est la vôtre qui est tombée.

— … C'est vrai, accepte Sir Edward, mais c'est pour te retenir à deux mains et t'éviter la chute que je l'ai perdue. Si je ne l'avais pas abandonnée, tu serais maintenant au fond du puits et tu aurais aussi perdu la tienne. Il est donc juste que je garde cette lampe.

— Mais…

—D'ailleurs, j'en ai besoin pour lire les documents. »

Le couloir décrit un angle droit au bas de l'escalier. Le sol est horizontal et ils marchent aisément. Mehmet n'est pas content. Il se place tout contre son maître et empoigne le bas de sa veste. Le tissu est très solide. En cas de nouveau piège, il s'agrippera très fort. Il écarquille les yeux et surveille ses pieds.

«Inutile, précise le professeur. En général, une telle construction ne comporte qu'un seul puits.

— Et s'il y en avait d'autres ici ?»

Le professeur n'a pas le temps de répondre. Deux galeries perpendiculaires, étroites, obscures se présentent de chaque côté du couloir principal. La forte odeur de myrrhe, d'encens et d'huile les oblige à mettre la main devant le nez. Le professeur tend la lampe vers l'entrée de droite et avance en posant la main sur le mur pour mieux se guider.

« Attention ! C'est peut-être un nouveau piège, risque Mehmet.

— Je ne crois pas... Cette odeur nous indique qu'on se trouve dans une... Oh ! »

Spectacle extraordinaire. Une salle basse, aux murs et au plafond peints en bleu, entièrement décorée de peintures d'animaux s'ouvre devant eux.

« ... Une nécropole ! »

Les parois sont recouvertes de dessins magnifiques. Les rouges, les verts et les contours blancs s'éveillent à la lumière.

« Splendide ! s'émerveille Sir Edward. Anubis, le dieu des morts avec sa tête de chacal... Seth, le dieu du désert... Thot, le scribe à tête d'ibis... »

Le fond de la vaste salle est occupé par des momies de chats, des centaines de chats momifiés, emmaillotés dans des bandelettes. Les pierres précieuses de leurs yeux jettent des éclats verts en direction des deux arrivants. Mehmet les trouve inquiétants, mais, malgré l'odeur enivrante des encens et des huiles parfumées, et la présence de ces momies dont il se demande si elles ne vont pas subitement se mettre à miauler, il est touché par la beauté des peintures et la finesse des hiéroglyphes gravés sur les murs.

« Inouï ! Je dois absolument photographier toutes ces merveilles. »

Sir Edward est pris d'une véritable frénésie de découverte. Il fait un tour rapide, veut tout voir, tout découvrir à la fois. Il observe les peintures, balaie les murs à grands gestes, éclaire les fresques, contemple les chats momifiés, commente, s'émerveille, pousse des « Oh! », arpente la vaste pièce, trottine, va, revient, ressort, entraîne Mehmet dans l'autre salle qui se trouve au bout du second couloir. Les deux salles sont symétriques et identiques. Partout, des peintures représentent les divinités antiques. Ils découvrent une grande quantité de momies de singes et de faucons. Il y a même la curieuse momie d'un perroquet d'Afrique centrale.

« Les Égyptiens anciens vénéraient les chats, les singes et les faucons. Ils pensaient que, comme les hommes, ces animaux avaient une autre vie après la mort.

— Voilà pourquoi ils leur construisaient des nécropoles ?

— Oui. Mais cet endroit est sans doute bien plus qu'une nécropole de singes ou de chats. »

Sir Edward pose la lampe sur le sol et sort les papyrus glissés à l'intérieur de sa veste. Il lit. Pendant ce temps, Mehmet regarde autour de lui, partagé entre l'admiration de tant de merveilles et l'inquiétude provoquée par toutes ces momies aux regards fixes.

« Leurs esprits n'épient-ils pas le moindre de nos mouvements ? Ne réprouvent-ils pas notre intrusion qui trouble leur éternel repos ? »

Il se sent soulagé quand Sir Edward lève la tête et donne ses nouvelles directives :

« Il faut reprendre notre marche dans le couloir principal et descendre. En bas, nous trouverons une petite salle d'où partent sept galeries. Il faudra s'engager dans la plus occidentale des sept. Les hiéroglyphes l'indiquent. »

Heureusement, Sir Edward a toujours sa boussole en poche. Devant les sept entrées, il n'hésite pas.

« Les six autres couloirs sont destinés à perdre les voleurs, avance Mehmet. C'est sans doute rempli de puits et de pièges.

— De labyrinthes aussi. Des pilleurs de tombeaux ont erré pendant des jours et des jours à l'intérieur de dédales gigantesques sans jamais trouver la sortie.

— Comment en sont-ils sortis ?

— Ils n'en sont jamais sortis. Ils sont morts d'épuisement à l'intérieur et leurs cadavres se sont desséchés comme de vieux parchemins. »

Ils s'engagent dans le couloir. Une pierre blanche très fine remplace la pierre ocre. Des bas-reliefs sculptés à mi-hauteur représentent des scènes de la vie quotidienne au bord du Nil dans les temps anciens. Des myriades de bateaux, de canards, d'hippopotames et de crocodiles sont gravés.

« Il faudra que je photographie minutieusement toutes ces merveilles.

— Vous n'aurez jamais assez de pellicule ! »

Au bout du couloir, ils trouvent une salle dont le plafond s'appuie sur neuf colonnes rondes. Les sommets sculptés représentent des têtes d'enfants portant la double couronne de haute et de basse Égypte. Sur les murs, des chats, des singes, de petits chiens et une multitude d'oiseaux sont peints en une harmonie de couleurs très vives que dominent les rouges, verts, noirs et blancs. Ensuite, il y a une salle plus petite qui contient deux sièges, une table, de la vaisselle en argent, des vases et un petit lit d'enfant en or pur. Il y a aussi une barque minuscule.

« La barque qui permet à l'âme du défunt de traverser le fleuve et d'atteindre le royaume des morts », précise Sir Edward.

Enfin, la dernière pièce contient un grand nombre de jouets. Au fond, une imposante porte recouverte d'or massif interdit l'entrée d'une ultime salle.

Mehmet tient un papyrus et l'éclaire avec la lampe. Sir Edward, tout en se tordant le cou pour déchiffrer les écritures, positionne ses mains sur les gravures sculptées dans l'épaisseur du mur. Il prononce à voix basse des mots dans une langue inconnue et place ses doigts avec précision en traduisant à haute voix pour mieux en vérifier l'exactitude.

« Le pouce gauche sur la tête de Thouéris, la déesse protectrice à tête d'hippopotame… Les quatre doigts de la main droite sur les quatre pattes de Bastet, la déesse-chatte qui dispense la puissance bienfaitrice du soleil… Voilà. Maintenant, il ne reste plus qu'à appuyer sur l'enfant-roi qui émerge du lotus primordial… »

Des gouttes de sueur froide perlent sur le front de Sir Edward. Il est tendu. Il hésite et ne se décide pas à appuyer sur tous ces points à la fois, comme cela est indiqué dans son papyrus.

« Allez-y…

—Si le texte dit vrai, alors la porte s'ouvrira, explique le professeur. Si je me suis trompé ou si ce texte est un piège destiné à éliminer celui qui s'aventurerait à vouloir pénétrer à l'intérieur, alors nous mourrons. »

Silence. Le grésillement du pétrole qui brûle sur

la mèche se fait distinctement percevoir. Dans le désert, le silence est grand, mais il n'est jamais complet. On entend toujours le vent, l'égratignure d'un buisson d'épines sur les rochers, un oiseau, un lézard. Ici, dans le tombeau, rien. Silence total, insupportable. Mehmet a brusquement envie de faire demi-tour et de s'enfuir. Il sait que la malédiction pèse sur ceux qui profanent les tombeaux, comme si les esprits des morts se vengeaient des sacrilèges. Il éprouve un malaise. Le papyrus lui glisse de la main et il cherche le réconfort de son minuscule bijou. Sir Edward respire profondément. Puis il ferme les yeux et décide :

« J'y vais ! »

Il appuie sur les dix points en même temps. Une pierre tombe de l'autre côté de la paroi et ils entendent le bruit inquiétant d'un vase qui se brise. D'instinct, ils se reculent jusque dans le coin opposé de la salle. Puis Sir Edward comprend ce qui se passe :

« Plus de trois mille ans et il fonctionne encore parfaitement ! »

La porte bouge.

« Une réserve de sable très fin et très sec a été

libérée quand la poterie s'est brisée. C'est ce mécanisme qui commande l'ouverture de la porte. »

Petit à petit, la dernière salle s'ouvre. Sir Edward reprend la lampe, monte la mèche pour que l'intensité de la lumière soit plus forte, et pénètre à l'intérieur. La salle se partage en deux parties : une première moitié au plafond constitué d'une épaisse dalle d'or symbolisant Rê, le dieu-Soleil créateur de toute chose, et une seconde moitié, vers le fond, où un sarcophage occupe l'essentiel de la surface. La richesse de la décoration surpasse toutes les richesses découvertes dans les autres parties du tombeau. L'ensemble est d'une beauté rarissime. Sir Edward et Mehmet en restent muets d'admiration.

Le sarcophage attire irrésistiblement Sir Edward. Il promène la lampe le long des côtés, élève la lumière pour mieux discerner les dessins et les signes qui le décorent. Isis et Osiris sont les plus représentés. Ce sont les parents de Horus, le dieu-faucon, celui qui porte la double couronne de haute et basse Égypte.

« Les textes donnent les indications qui permettent d'ouvrir les sarcophages sans égratigner le moindre hiéroglyphe des décorations.

—La lampe faiblit. Nous allons manquer de pétrole. »

Le professeur subit une intense fascination. Il est au comble de l'excitation et n'entend plus rien. Il lit, place ses doigts et soulève sans effort un premier couvercle. À l'intérieur, un autre sarcophage en bois précieux, plus finement décoré encore, apparaît. Puis Sir Edward en ouvre un second, un troisième et enfin un dernier, en or très pur, merveilleusement ciselé, infiniment plus précieux que celui de Toutânkhamon ou que le plus beau jamais découvert par les égyptologues au cours des siècles passés. Il contient la momie. Avec la même facilité, en suivant les textes, Sir Edward ouvre le sarcophage.

« La momie d'un très jeune enfant ! Les textes disent donc vrai. »

Dans aucune langue, les hommes de la Terre ne possèdent de mots assez forts pour décrire la merveille qu'ils ont sous les yeux.

« C'était sûrement le fils d'un roi... avance Mehmet.

— Le fils du plus grand des pharaons, Mehmet. »

Sir Edward est épuisé. Il tremble. Il s'assoit sur le bord de l'estrade d'or qui supporte le sarcophage et porte la main à son front.

« Je suis persuadé que je suis au cœur de la plus formidable énigme de tous les temps. Cet enfant, c'est le premier fils du pharaon Ramsès II. »

5

QUAND ils sont ressortis du tombeau hier soir, le désert était plongé dans l'obscurité depuis longtemps et les étoiles étaient déjà hautes dans le ciel. Les émotions et la tension extrême des heures passées à l'intérieur les avaient pénétrés d'une fatigue si intense qu'ils n'ont pas eu le courage de monter le campement et qu'ils ont dormi à même le sol, enroulés dans les toiles des tentes.

Les ânes qui se mettent à braire pour saluer le lever du soleil réveillent Mehmet. Comme la veille. Il reste engourdi, fatigué, perturbé par les cauchemars terribles qui ont traversé ses rêves. La tête de chacal du dieu Anubis, celui qui célèbre et protège les morts, l'a tourmenté sans cesse, rivalisant de reproche avec Bès, le nain difforme et barbu qui tire toujours la langue. Il se rend compte qu'il a dormi en serrant son petit bijou en or dans sa main.

« Salaam aleikoum, Sir Edward », dit-il.

Mehmet ne reçoit aucune réponse. Il pense que le professeur dort toujours. Il fait un effort pour tourner la tête, mais Sir Edward n'est pas là. La toile dans laquelle il a dormi est vide comme un cocon abandonné.

« Il est déjà retourné à l'intérieur. Je suis sûr qu'il n'a pas pu fermer l'œil de la nuit. »

Les ânes n'ont pas été débarrassés de leur chargement. Ils se sont accroupis sur leurs pattes et mâchonnent des tiges épineuses aussi dures que du fer.

« Mes pauvres. Vous avez un bien mauvais maître ! » dit-il en leur caressant le col.

En commençant à les décharger, Mehmet constate qu'il manque deux lampes. Le bidon de pétrole est ouvert et le bouchon est posé sur une pierre. Des sacs ont été dégagés du chargement et les appareils photo ont été emportés. Mehmet comprend que Sir Edward n'a pas pu résister à l'envie de retourner dans le tombeau.

« Il n'a pas voulu me réveiller », pense le garçon.

Dans le fond, il n'est pas fâché. Il aura le temps de monter le campement, de ranger et de mettre de l'ordre dans le fatras du matériel. Mieux vaut s'installer pour plusieurs jours. Et puis, c'est un prétexte pour ne pas retourner dans le tombeau. La crainte de tous ces esprits de singes, de chats, de morts finit par surpasser l'émerveillement qu'il a éprouvé en découvrant tant de beautés. Il monte d'abord les deux tentes et pose de grosses pierres sur le bas des toiles pour qu'un éventuel vent de sable ne pénètre pas à l'intérieur. Il range, ordonne, installe.

« Ce pharaon a dû éprouver une douleur immense en perdant son premier fils. C'est pour cette raison que le tombeau est aussi grand et aussi riche. »

Mehmet regroupe trois pierres qui serviront de foyer. Il réalise la terreur de ce grand roi à la pensée que le tombeau de son fils adoré puisse être profané un jour. D'où sa construction dans un endroit difficile d'accès, le puits, les six couloirs remplis de pièges, la porte.

« Les hommes qui ont construit ce tombeau et préparé la momie habitaient sans doute Wâdi-al-Oâret. C'est le seul village dans cette partie du désert. »

Il comprend alors le sens de l'histoire que l'on continue à raconter de génération en génération.

« C'est sûrement pour protéger le secret de l'existence de ce tombeau que les soldats ont reçu l'ordre de massacrer tous les habitants ! Plus de témoins, plus de révélations possibles. »

Au pied de la falaise, Mehmet ramasse des épines pour le feu, puis il revient les entasser entre les pierres. Il imagine Ramsès II, le pharaon dont parle sans cesse Sir Edward, le cœur brisé par la douleur, ordonnant le massacre de ses meilleurs serviteurs. Il pense aussi au petit enfant qui repose maintenant au cœur du sanctuaire.

« Quel âge avait-il ? De quelle maladie est-il mort ? Pourquoi les médecins du pharaon qui possédaient, dit-on, de formidables connaissances n'ont-ils pas réussi à le guérir ? »

Il remplit la bouilloire avec l'eau d'une gourde. Puis il gratte une allumette, protège la flamme avec sa main et l'approche des épines. Le flamme jaune lèche les tiges et se faufile difficilement dans le maigre fagot. Mehmet souffle pour l'attiser. Le feu s'empare de toutes les épines et la flamme devient blanche.

Brusquement, dans un bruit sec de détonation, elle éclate comme un coup de pistolet.

La détonation est sèche. Immédiatement, le feu dévore les épines. Mais elle a déclenché un pressentiment très grand dans l'esprit du garçon. Il a l'impression d'avoir reçu un signal. Son cœur se met à battre très vite.

« Sir Edward est en danger ! »

Il s'empare d'une lampe, remplit le réservoir, glisse un couteau dans sa ceinture, saisit un court pic de fer et court vers la gauche de la falaise, là où l'escalade est la plus aisée. Dès qu'il arrive devant le trou noir, l'odeur fait battre son cœur. Il allume la lampe, couvre sa tête avec la capuche de sa djellaba et s'engage dans le tombeau. Il se rappelle tous les détails : les paliers en pente, les marches, l'humidité du troisième escalier. Il avance. Sa respiration s'accélère quand il saute par-dessus le terrible puits. Puis il file et passe le plus rapidement possible devant les deux entrées qui abritent les momies des chats et des singes. Il a l'impression que des centaines d'yeux s'allument dans le noir et le traquent comme autant d'esprits qui voudraient se venger d'avoir été dérangés dans leur repos éternel. Il atteint la salle aux couloirs, s'engage dans la plus occidentale des sept bouches noires, parvient dans la pièce aux neuf colonnes, traverse celle où se trouve la barque, puis celle où sont entassés les jouets. Pour Mehmet, il est clair que Sir Edward ne peut être qu'auprès de la momie.

Brusquement, il découvre les deux lampes que le professeur a emportées. Elles sont brisées sur le sol, comme si une lutte s'était déroulée. Devant la porte monumentale en or massif, une vision d'horreur l'attend.

Sir Edward est debout, immobile, les yeux hagards. Il est collé contre le mur, montant la garde à la manière d'une sentinelle somnolente. Son regard fixe et son visage très pâle ont une expression effrayante. Les lèvres et le menton brillent d'un jus verdâtre, épais, huileux, gluant. On dirait de la bave. La bouche est déformée dans un curieux rictus, comme s'il avait tenté de recracher ce produit à l'odeur repoussante. Un frisson parcourt Mehmet et la peau de son corps tout entier se transforme en une chair de poule glacée. La peur le saisit au ventre et le paralyse sur place.

Près du professeur s'ouvre le rectangle noir de la salle du sarcophage. La lumière de sa lampe est trop faible pour qu'il puisse distinguer l'intérieur. Il respire très fort et essaie de réfléchir, mais il ne comprend pas ce qui s'est passé. Une idée l'assaille : Sir Edward est mort, tué par la malédiction qui frappe tous les pilleurs de tombeaux et lui, Mehmet, lui qui a osé s'aventurer dans ce lieu sacré va périr à son tour.

Il serre sa petite sauterelle en or, pense à sa mère, à son village, à ses ânes qu'il ne caressera plus. La mort va le faucher dans un instant et personne ne le retrouvera jamais. Il ferme les yeux et attend, paralysé.

Le temps passe. Rien ne se produit. Il finit par se calmer un peu et ouvre les yeux. Sir Edward lui fait face et son regard fixe de serpent l'effraie. Un détail le surprend : à intervalles réguliers, les ailes des narines du professeur se dilatent et un léger sifflement s'en échappe. On dirait… qu'il respire.

Mehmet observe, fait un pas, lève la lampe. Non. Il ne rêve pas. Le professeur respire. Il n'est donc pas mort, pas encore…

« Sir Edward ! Vous m'entendez ? C'est moi, Mehmet. »

Le professeur ne réagit pas. Mehmet touche le bras de son maître. Il s'attendait à le trouver complètement tétanisé, mais ses muscles sont souples et décontractés. Pour libérer ses mains et lui porter secours, Mehmet pose la lampe sur le sol. Un détail attire alors son attention : d'une fiole en terre cuite brisée sur le dallage finit de s'écouler un liquide verdâtre comme du fiel, malodorant comme du venin de serpent et aussi épais que du sirop. Le même liquide que celui qui brille sur le menton du professeur et qu'on a probablement voulu lui faire boire de force.

« Lui faire boire de force, mais alors, quelqu'un… »

C'est au moment où il se baisse pour ramasser les débris du flacon qu'il aperçoit la sandale. Une

sandale de cuir grossier, usée, comme jetée par un geste brusque. La lumière éclaire au ras du sol et pénètre dans la salle du sarcophage. Il regarde autour. Frisson. L'épais plafond en or représentant le dieu Rê s'est abattu. Un pied et une jambe en dépassent. Le reste du corps est écrasé sous la dalle. L'inconnu est vêtu d'une peau de léopard.

Mehmet reprend sa lampe et avance sur le seuil. Deux autres corps apparaissent, écrasés par la chute du plafond, comme si le ciel avait frappé les intrus. Les trois hommes portent tous la même tenue. « Les trois léopards ! » La petite momie de l'enfant, hâtivement enveloppée dans un linge blanc, est posée sur une marche de l'estrade. C'est sans doute le retrait de la momie du dernier sarcophage qui a déclenché le mécanisme provoquant la chute du plafond.

« Et Sir Edward qui voulait la sortir du sarcophage, hier ! »...

Il porte la main à sa poitrine et palpe son petit talisman. Il n'ose plus bouger. Le moindre mouvement ne va-t-il pas mettre en route des mécanismes tout aussi redoutables ? Ne va-t-il pas mourir, lui aussi ? Son regard est rivé sur les vêtements en peau de léopard des trois hommes tués par la dalle d'or. Qui sont ces trois hommes ? Pourquoi ont-ils neutralisé Sir Edward ? Pourquoi voulaient-ils emporter la momie de l'enfant-roi ? La légende mille fois racontée par les anciens au cours des veillées lui revient en mémoire

Derrière lui, Sir Edward émet un faible râle. Mehmet sursaute. Il doit sortir du tombeau.

6

MEHMET fait demi-tour et part en courant, poussé tout autant par la peur qui lui tenaille le ventre que par l'espoir d'échapper à de nouveaux pièges en étant plus rapide que les mécanismes. Il traverse la salle des jouets, celle de la barque. En arrivant dans la salle des neuf colonnes, il est tourmenté par un grand embarras :

« Sir Edward ! »

Le professeur n'est pas mort. Il l'a vu respirer, il l'a entendu râler. Il est encore vivant. Peut-il fuir comme un lâche ? Peut-il l'abandonner dans ce tombeau où personne ne viendra le secourir ?

Il s'arrête. Des ombres fantasmagoriques dansent au rythme de la flamme sur les peintures vertes et rouges des colonnes rondes, soudain déformées, hideuses, menaçantes. Derrière, le long des murs, dans les espaces cachés à sa vue, il a l'impression d'entrevoir d'autres hommes vêtus de léopard, une armée de léopards silencieux et déterminés, des fioles de liquide vert à la main, guettant le moment où il tournera le dos pour se ruer sur lui, l'attaquer et lui introduire de force le poison dans la bouche.

« Non, je ne peux pas l'abandonner ! »

Mehmet revient sur ses pas, traverse les salles en sens inverse. Sir Edward est toujours debout, mais sa tête est penchée sur sa poitrine et il émet un curieux bruit à chaque respiration. Il donne l'impression de s'amollir. Mehmet passe le bras du professeur sur son épaule et essaie de le soulever. Mais ce n'est pas utile. Comme un automate privé de volonté, Sir Edward avance une jambe. Le liquide a eu pour effet d'anesthésier son cerveau, mais la mécanique des muscles continue à fonctionner, par habitude. Au moment de faire demi-tour, Mehmet voit les pieds des hommes-léopards. Il a l'impression qu'ils ne sont plus que deux et que le troisième le guette, debout dans l'ombre, prêt à se jeter sur lui.

« Mais non, je rêve... »

Il reprend sa lampe et s'en va, soutenant l'Anglais qui avance comme un pantin. Les deux salles, les colonnes, le long couloir aux bas-reliefs gravés dans la pierre, la salle des sept entrées, un autre couloir... Mehmet va aussi vite qu'il le peut, n'écoutant ni son cœur qui bat comme un fou, ni sa respiration accélérée. Il avance, avance. Après de longues minutes de fuite, Mehmet s'arrête. Il s'appuie contre le mur et essaie de reprendre son souffle. Les battements de son cœur tambourinent si violemment qu'il a l'impression que le tombeau tout entier résonne d'un bruit de tam-tam et va signaler sa présence à l'armée des hommes-léopards, dont il croit deviner les silhouettes dans le moindre recoin. Le professeur râle, les épaules appuyées contre la paroi. L'odeur de myrrhe, d'huile et de gomme se fait plus forte.

« Je me trouve près des couloirs qui mènent à la nécropole des animaux. »

Il ouvre les yeux. Le rectangle noir et profond de l'entrée de la nécropole des singes se trouve très près de lui, presque en face. La lumière de sa faible lampe ne pénètre pas bien loin, mais le moindre vacillement de la flamme fait danser des ombres sur les murs du passage. De l'intérieur de la nécropole, il lui semble entendre des ricanements de singes, des rires grinçants et sournois de babouins aux mâchoires entrouvertes, comme si les centaines de momies s'étaient levées et le guettaient dans le noir, allumant leurs yeux verts de macaques dans la nuit du tombeau. La terreur des singes remplace la peur des hommes-léopards.

Mehmet frissonne. Il donne une secousse pour mieux caler le bras du professeur sur ses épaules et repart. En passant devant les couloirs, il a l'impression d'entendre grincer les dents des guenons et feuler les chats hostiles et sournois. Le coude du couloir annonce le terrible piège du puits. Il l'enjambe en se forçant à porter ses yeux sur le haut de l'escalier. Sir Edward suit, allongeant mécaniquement ses jambes comme un robot privé de volonté. Mehmet enfile ensuite les autres couloirs, les autres escaliers, sans se retourner, sans autre souci que celui d'échapper aux doigts griffus des esprits ou

aux mains fortes des hommes-léopards qu'il sent derrière lui.

Enfin, quand il arrive dans le dernier couloir, le rond de lumière aveuglante éclate devant lui.

Mehmet charge le professeur sur le dos de l'ânesse brune. C'est la plus forte. Il jette un coup d'œil sur le matériel qu'il va abandonner, saisit plusieurs bidons d'eau qu'il place dans les couffins portés par l'un des petits ânes. Puis il monte sur l'autre et lui plante ses talons dans les flancs. L'âne part en trottinant. Les deux autres suivent, entraînés par la corde que le garçon serre fortement dans sa main. Le ciel est blanc. La chaleur est forte. Mehmet s'agite sur l'âne, l'incite à fuir plus vite en lui donnant de fréquentes tapes sur la croupe et de multiples coups de talon dans le ventre. Le professeur est plié en deux sur le dos de l'ânesse. Les jambes ballottent d'un côté et la tête pend de l'autre. Ce n'est guère confortable.

Les trois ânes descendent la vallée sèche. Leurs sabots pressés soulèvent de petits nuages de poussière. Pendant quelques kilomètres, Mehmet ne regarde pas en arrière. Il a l'impression que ce geste attirerait le danger qui se cache dans la gueule noire du tombeau. L'urgent est de mettre la plus grande distance possible entre la nécropole et lui. Les roches brunes succèdent aux roches ocres. Puis les rochers deviennent gros cailloux, la vallée s'élargit et le désert étale ses dunes à l'infini. Il reconnaît l'itinéraire emprunté à l'aller. Le soleil darde ses rayons et la chaleur fait vibrer l'horizon sans limite.

Après quelques heures de trot, le petit âne blanc fatigue. Il ralentit. L'ânesse brune suit son rythme et vient se placer à sa hauteur. Le professeur est ballotté comme un paquet de chiffons.

« Nous sommes loin maintenant. Nous allons faire une halte », décide Mehmet.

Le garçon saute sur le sol et entraîne les ânes à l'ombre d'un gros rocher. Il descend le professeur et l'allonge sur le sable. La position tête en bas et les secousses de la fuite l'ont beaucoup fait baver. Mehmet ouvre une gourde, humecte le pan de sa djellaba et nettoie la bouche et le visage. Le malheureux Anglais est encore plus blanc qu'à l'ordinaire et, bien que la température soit élevée, ses joues parsemées de taches de rousseur sont glacées. Mehmet passe sa main sous la nuque et lui redresse la tête. Il approche l'ouverture de la gourde et verse doucement quelques gouttes dans la bouche. L'eau glisse sur la langue desséchée. Il verse une franche gorgée. Le professeur réagit, avale et semble attendre la gorgée suivante.

« Sir Edward, vous m'entendez ? Sir Edward... »

Mehmet soulève la gourde. Le professeur boit mal et beaucoup d'eau s'échappe aux coins de ses lèvres. Le poison qu'on lui a fait absorber l'empêche de coordonner ses mouvements. Mehmet a déjà vu ce phénomène : parfois, des serpents mordent, mais le venin ne tue pas. La proie reste muette, immobile, incapable de réaction, comme si le cerveau était endormi.

« Il faut que je rentre au village. Mon oncle connaît peut-être le contrepoison qui le ramènera à la vie. »

Ils se reposent un peu. Mehmet a une idée. Il prend les deux couffins que porte le second âne blanc et les place sur le dos de l'ânesse. Puis il charge son maître en lui mettant un pied dans chaque panier. Le corps est avachi sur le cou de l'animal, mais, en attachant les bras avec une corde, il réussit à le maintenir dans cette position.

« Au moins, il n'aura plus la tête en bas ! »

Ils repartent. Le désert est infini. Les heures succèdent aux heures. Le soleil descend peu à peu sur l'horizon. La fatigue et la faim engourdissent Mehmet. Plusieurs fois, il s'arrête pour abreuver le professeur et se désaltérer lui-même. Puis, à nouveau, ce sont des kilomètres de sable, de cailloux, de chaleur et de vent brûlant. La somnolence le gagne.

Vers le soir, le professeur râle, puis il redresse un peu la tête et se met à délirer. Il prononce des bribes de phrases déformées, mal articulées.

« C'est bon signe. Il reprend vie. »

Jusqu'à la tombée du jour, Sir Edward parle d'une façon décousue, comme dans un rêve, récitant une sorte de litanie dans des langues inconnues.

Au bout d'une heure de délire, il se dresse subitement comme un diable et crie : « Moïse ! »

C'est le milieu de la nuit. Le professeur est allongé sur une natte dans la maison. On va chercher l'oncle ramasseur de serpents. Heureusement, il ne dort pas. On prétend qu'il ne dort jamais. Il arrive. D'une main, il pince le nez de Sir Edward et, de l'autre, appuie sur la mâchoire. Il lui ouvre la bouche et plonge son nez à l'intérieur. Sa barbe noire frôle les joues blanches et froides. On dirait qu'il veut dévorer le malheureux. Ses narines se dilatent et il aspire l'air à petits coups comme un chien flairant la piste d'un gibier.

Puis il grogne, s'ébouriffe les cheveux en se grattant la tête, disparaît dans l'antre de la pièce basse où il fabrique ses mixtures puantes. Il délaye une pâte molle qui sent le lait rance dans un liquide gluant, piquant et fort comme le venin d'une vipère rouge. Il revient, bredouille des mots incompréhensibles, observe, puis écarte les dents du professeur avec le dos d'une cuillère et lui verse toute la potion dans le fond de la gorge. Il ferme la bouche et lui pince le nez pour qu'il avale l'antidote jusqu'à la dernière goutte.

« Il guérira, grimace le ramasseur de serpents. Quand son corps aura éliminé le poison, il retrouvera sa belle santé. »

Sir Edward devient raide. C'est à peine si on

perçoit le léger frémissement de sa poitrine quand il respire. Mehmet s'assoit près de lui sur le tapis et le regarde. L'oncle hausse les épaules, grommelle dans sa barbe hirsute, se gratte la nuque, manifeste sa contrariété par des mimiques bougonnes et des grognements sourds. Il continue à s'approcher pour mieux flairer l'odeur qui s'échappe des lèvres de l'Anglais.

«Je me demande qui peut bien fabriquer ce poison-là... Il y a du venin qui rend amnésique dans cette potion-là. Je crois qu'il aura un formidable trou de mémoire quand il se réveillera. Peut-être même ne se souviendra-t-il jamais avoir posé le pied en terre d'Égypte...»

Il sort. Mehmet reste seul au chevet du professeur. Il baisse la lampe et s'enveloppe dans la couverture qu'il vient de jeter sur ses épaules. La nuit, il fait froid dans le désert. Il regarde le visage blanc et figé, creusé par les ombres qui approfondissent les rides, les cernes sous les yeux et les plis de la bouche. Petit à petit, la fatigue l'engourdit. Il ressent encore les secousses du trot de l'âne dans ses reins. Il somnole. Mais son sommeil est tout de suite peuplé de têtes de singes momifiés dont les bouches jettent des ricanements grinçants qui résonnent dans les couloirs du tombeau, d'hommes verts portant des peaux de léopard, se faufilant dans l'ombre, une fiole à la main. La momie de l'enfant, qui a été sortie de son sarcophage d'éternité, s'assied sur le bord de l'estrade en or massif. Elle ouvre les yeux et tend un doigt vers Mehmet…

Il se réveille en sursaut et frissonne. Il est dans la maison. Tout est calme. Pour se rassurer, il regarde autour de lui le capharnaüm des affaires de Sir Edward : des objets, des sacs, des vêtements, des papiers, des livres…

« Beaucoup de choses sont restées là-bas. Il faudra que je retourne les chercher… »

La flamme huileuse de la lampe vacille. Il la fixe et, soudain, elle lui semble devenir blanche, comme cela s'est déjà produit deux ou trois fois depuis l'arrivée de l'Anglais. Il porte la main à sa petite sauterelle en or. La lumière s'avive, mettant en évidence un livre tombé le dos en l'air, pages ouvertes, sans doute bousculé tout à l'heure par le ramasseur de serpents. Mehmet tend la main et le ramasse. C'est une Bible écrite en arabe. Il la retourne, lit ce qui est écrit à la page où il est resté ouvert. Le premier mot fait naître un frisson dans sa nuque.

« Moïse ! »

« … Alors Moïse dit : *Ainsi parle Yahvé : vers le milieu de la nuit, je parcourrai l'Égypte, et tous les premiers-nés mourront dans le pays d'Égypte, aussi bien le premier-né de Pharaon qui doit s'asseoir sur son trône que le premier-né de la servante qui moud le blé.* »

« Moïse ! Le nom que le professeur a crié sur le chemin du retour ! »

En un trait de foudre, tout s'éclaire et devient simple : le professeur, le tombeau, la momie, les léopards, le serpentaire, le massacre des embaumeurs par les soldats d'un grand roi, la disparition du petit berger et même son oncle le ramasseur de serpents. Il comprend tout.

7

ON a peur quand on ne comprend pas. Maintenant qu'il connaît la vérité, Mehmet n'a plus peur. Il est revenu, seul, et a pénétré sans aucune appréhension dans le tombeau. Il est accroupi au bord de l'estrade en or qui supporte le sarcophage et observe la magnifique momie du petit enfant. C'est une merveille. Le visage a gardé sa finesse et sa fraîcheur. Les cheveux sont abondants et ont conservé leur souplesse. Mehmet est fasciné par tant de beauté, de délicatesse et de douceur aussi bien dans l'expression du visage de l'enfant que dans la richesse des pierres précieuses, peintures et sculptures qui ornent les bandelettes. Les paroles qu'il jugeait folles quand le professeur les prononçait lui reviennent en mémoire.

« Il n'y a aucun doute, c'est bien lui. L'avenir du monde risque d'en être bouleversé. »

Mehmet avance la main. Il frôle les cheveux. Ils sont fins, soyeux, délicats. Il en prend un et tire jusqu'à ce qu'il casse.

« Le sort du monde dépend de ce cheveu ! »

Il dégage la vitre qui protège la lampe et laisse tomber le fin cheveu sur la flamme. La lumière devient courte et blanche. Le cheveu brûle en un instant. La flamme redevient huileuse et jaune. Mehmet palpe sa petite sauterelle d'or. Il pose deux questions.

« Cet enfant est-il le fils du pharaon Ramsès II ? »

« Quelle est la cause de sa mort ? »

Il attend les réponses.

Près de lui, la formidable dalle du plafond recouvre toujours les trois hommes-léopards. Il se demande comment il pourrait s'y prendre pour la soulever et les dégager. Mais à quoi bon ? Ils avaient tenté d'emporter la momie pour la mettre en sécurité. N'avaient-ils pas raison ? Le mieux n'est-il pas de la remettre en place ? Il tend les

mains et soulève le petit corps. Il n'est pas bien lourd. Il le replace délicatement dans le sarcophage en or fin, le plus petit, le plus profond. C'est un écrin d'une telle beauté que la momie devient un bijou incomparable. Posée sur son coussin doré, la tête apparaît dans toute sa fraîcheur. Le visage rayonne d'un éclat très particulier. On dirait que l'enfant dort et qu'il va ouvrir les yeux. Fasciné, Mehmet ne se résout pas à refermer le couvercle.

À ce moment, la lumière devient blanche. Ce sont les réponses à ses questions. Mehmet serre son bijou. Il sent une vibration et une émotion intense l'étreint. Le message pénètre sa pensée :

Oui, cet enfant est bien le fils du plus grand des pharaons. Les analyses génétiques le prouvent.

« Mais je n'ai pas obtenu de réponse sur les causes de sa mort ! » s'étonne Mehmet.

Malgré une extrême concentration, aucune réponse ne pénètre ses pensées. Son esprit reste vide.

« Je dois savoir, insiste-t-il en forçant la voix sur un ton presque suppliant. De quoi est mort cet enfant ? »

Au bout d'un moment, il reçoit la pensée suivante : *En l'état actuel des connaissances, les analyses virologiques, bactériologiques et moléculaires effectuées n'ont pas permis aux plus éminents savants de la planète de déterminer les causes de cette mort.*

« Est-ce à dire qu'il est mort de la malédiction du dieu de Moïse, comme c'est écrit dans la Bible ? »

La science n'a pas encore percé tous les secrets de la nature. Il est actuellement impossible de répondre à cette question par oui ou par non. Peut-être cet enfant a-t-il succombé à la mort subite du nourrisson…

La flamme de la lampe redevient jaune et huileuse. La transmission est terminée.

Mehmet s'assied, abasourdi, écrasé par le doute. Les leçons de son maître lui reviennent en mémoire. Les récits des veillées, les paroles mystérieuses de son oncle les soirs de grande tempête de sable, les légendes rapportées par les anciens quand il sommeillait au creux des bras de sa mère, les explications de son père, enfin tout ce qu'il a entendu depuis sa petite enfance et qu'il n'a pas bien compris, tout prend maintenant un sens. Ce sont des dizaines de pièces d'un puzzle qui s'organisent et s'assemblent soudain pour former une image. Tout semble devenir cohérent et il a très peur.

Pour se rassurer, il serre très fort le bijou en or. Une irrésistible force le pousse à fixer le visage de la petite momie. Elle est figée, inerte et, pourtant, il a l'impression qu'une vie palpite sous l'épaisseur du sarcophage en or et des multiples bandelettes. Un vertige s'empare de lui. Il serre la petite sauterelle encore plus fort. Il sent son esprit tourbillonner dans l'espace et le temps. Puis, au milieu d'un grand silence, une voix enfantine résonne à l'intérieur de lui-même :

Mon père, le grand Ramsès II, était le plus grand pharaon que l'Égypte ait jamais connu.

Alors, il comprend qu'au-delà de l'espace et du temps, il vient d'entrer en communication avec l'esprit de la momie elle-même. L'enfant lui-même confirme ce qu'il a pressenti :

La civilisation atteinte dans son empire était la plus puissante et la plus raffinée de son époque. En comparaison, tous les royaumes voisins apparaissaient alors comme primitifs et barbares. Poussés par la jalousie et l'envie, les Hittites étaient des ennemis redoutables. Mon père vénérait Rê, Nout, Nephtys, Orus, Osiris,

Thot, Athor et la multitude des dieux de l'Égypte. Il savait que sa grandeur, sa puissance et son immense autorité auprès de son peuple, la crainte qu'il inspirait aux peuples voisins, reposaient sur ces croyances. Voilà pourquoi c'était un grand bâtisseur de temples, de pyramides, d'obélisques, de tombeaux, de gigantesques monuments qui ont traversé les siècles. Pour bâtir toutes ces merveilles, des centaines de milliers de sujets ou de prisonniers de guerre travaillaient pour lui. De petits groupes de Blancs, de Noirs, de Palestiniens, de Syriens, de Hittites vaincus, de Cananéens, de Namibiens, d'Hébreux aussi.

Au creux de sa main, le bijou dégage une énergie intense. Mehmet n'a pas peur. Il écoute et, au fur et à mesure que la voix enfantine enchaîne les paroles venues de l'au-delà, la vérité se reconstruit :

Les Hébreux lui posent problème. Moïse s'est mis en tête de les libérer, de leur faire quitter l'Égypte et de les ramener en Israël, vers ce qu'il appelle la Terre Promise. Mon père refuse de les laisser partir parce que les Hébreux sont des architectes talentueux, d'habiles tailleurs de pierre, des maçons adroits, des charpentiers précis, des sculpteurs imaginatifs, des peintres doués.

Mais il y a une raison plus grave aux yeux du pharaon : les Hébreux professent une religion qui affirme l'existence d'un dieu unique et s'opposent à la religion des Égyptiens. Leur permettre de quitter l'Égypte, c'est donner aux Hébreux la possibilité de répandre ces idées nouvelles, de semer le trouble dans les esprits. Mon père a compris que son prestige, sa politique, sa puissance et la forte crainte qu'il inspire à ses ennemis en seraient affaiblis. L'Égypte elle-même ne risque-t-elle pas d'être menacée, envahie, pillée ? Les Hébreux ne doivent quitter l'Égypte à aucun prix.

Pour l'obliger à leur accorder la liberté, Moïse menace le pharaon et l'Égypte de catastrophes terribles que Dieu (enfin, celui de Moïse) déclenchera si Pharaon ne cède pas. Ramsès n'y croit pas. Est-ce l'effet de la malédiction ? Est-ce le hasard ? Des événements terribles frappent l'Égypte. L'eau du Nil devient rouge sang. Des millions de grenouilles envahissent tout le royaume, pénétrant dans les maisons, le linge, les réserves de nourriture. Des myriades de moustiques, de taons, de sauterelles s'abattent sur les bêtes et les gens. La grêle dévaste le pays. Le bétail meurt. Les hommes sont couverts d'ulcères. Les ténèbres recouvrent l'Égypte pendant des jours et des nuits. Moïse répète qu'il s'agit de la colère de son dieu, mais Pharaon ne cède pas. Il refuse de rendre la liberté aux Hébreux. Alors, Moïse menace Pharaon d'un malheur suprême : « Ainsi parle Dieu : Vers le milieu de la nuit, je parcourrai l'Égypte et tous les premiers-nés mourront dans le pays d'Égypte, aussi bien le premier-né de Pharaon qui doit s'asseoir sur son trône, que le premier-né de la servante qui moud le blé. »

Coïncidence ? Volonté divine ? Au cours de cette nuit effroyable, beaucoup de bébés meurent. Moi, le fils du grand pharaon Ramsès II, je n'échappe pas à la mort. Alors, la douleur est si grande dans le cœur de mon père qu'il maudit les Hébreux et les chasse hors d'Égypte.

La voix s'arrête un instant, puis reprend, plus sourde :

Pour moi, il fait construire un formidable tombeau et veut que les embaumeurs et les artistes les plus réputés du royaume confectionnent la plus magnifique momie et les plus prestigieux sarcophages. Il veut que la splendeur soit à la mesure de sa douleur.

Mehmet serre sa petite sauterelle en or. Tout est très clair, très simple dans sa tête. Les idées s'enchaînent sans difficulté. Il observe la momie, qui poursuit :

Quand tout est fini, mon père est obsédé par une idée insupportable : le tombeau ne doit jamais être profané. Personne ne doit jamais violer la nécropole royale et interrompre la vie éternelle de son fils. La pensée que le sanctuaire puisse être pillé un jour par des mains sacrilèges lui est insupportable. Et puis, au-delà de la douleur du père, il y va du bonheur du peuple d'Égypte et de la paix de l'empire. Personne ne doit jamais penser que, si le dieu de Moïse a pu frapper le fils du grand pharaon, c'est que les dieux de Pharaon sont impuissants à protéger la haute et basse Égypte. En l'apprenant, le peuple perdrait confiance dans son souverain. Les ennemis ne le craindraient plus et envahiraient le pays. Voilà pourquoi, le cœur déchiré, Ramsès donne l'ordre à ses soldats de massacrer tous les habitants de Wâdi-al-Oâret. C'est là qu'habitent les embaumeurs qui ont confectionné ma momie. C'est aussi à Wâdi-al-Oâret que vivent les ouvriers qui ont construit le tombeau. Aucun témoin ne doit survivre.

Mon père pense aux siècles qui vont venir. Il désigne trois grands prêtres, trois fidèles qui n'hésiteraient pas à donner leur vie sur une parole du roi. Il les charge de protéger mon tombeau jusqu'à la fin des temps et d'interdire à jamais l'accès à la nécropole sacrée. Ce sont les trois léopards. De génération en génération, ils resteront invisibles, traversant les siècles en initiant en grand secret un enfant au fur et à mesure de leur mort.

La voix s'arrête. Mehmet est un peu étourdi. Il voudrait que le contact se prolonge, mais il sent que l'esprit de l'enfant-roi s'éloigne irrésistiblement et tend à disparaître.

Pense aux trois léopards... Le sort du monde est entre tes mains... Le sort du monde est...

Mehmet perd le contact. L'odeur du tombeau le ramène à la réalité. Il se passe la main sur le front. La voix enfantine s'est imprimée dans son esprit: « Le sort du monde est entre tes mains... » Il ne peut s'empêcher de penser :

« Depuis des millénaires, cette histoire est écrite dans la Bible. Vraie ou fausse, la découverte de la momie du fils de Ramsès II ne risque-t-elle pas de réveiller des conflits religieux ? Certains n'y verront-ils pas la preuve irréfutable que tout ce qui est écrit dans le livre saint est vrai ? N'en profiteront-ils pas pour clamer que l'existence du dieu de Moïse est enfin prouvée ?

« Trente siècles après, ce que le grand pharaon a redouté risque de se produire. Les Musulmans, les Chrétiens, les Israélites, tous ces gens de religions différentes n'entreront-ils pas à nouveau en guerre si la momie est découverte ? Le Moyen-Orient (le monde entier peut-être) ne s'embrasera-t-il pas devant cette révélation ? Le sang… Les armes… La guerre… »

À l'extérieur, Mehmet démonte les deux tentes abandonnées précipitamment l'autre jour. Il range tous les ustensiles dans les couffins portés par les ânes. Il regroupe les inestimables papyrus et manuscrits que Sir Edward a apportés d'Angleterre et les met dans un sac. Selon le professeur, seul le recoupement de ces documents est capable de révéler l'existence de la nécropole. Ce sont les uniques indications. Il n'en existe pas d'autres dans le monde. Il ferme le sac et glisse la bretelle sur son épaule.

Quand tout est prêt, la lampe dans une main, le sac sur le dos, il pénètre à nouveau dans le tombeau. Il traverse sans hésitation et sans crainte les couloirs, les escaliers, les salles maintenant presque familières. La momie semble rayonner dans son précieux sarcophage. Mehmet regarde l'enfant, innocente victime, et imprime dans sa mémoire les détails de tant de splendeur. Puis, avec une grande douceur, il referme le premier sarcophage. L'or du couvercle est une œuvre d'art étonnante qui représente l'enfant avec une telle finesse et une telle fidélité qu'on jurerait avoir la véritable momie sous les yeux. Une multitude de pierres précieuses incrustées ornent les contours du visage et du corps. La main de Mehmet frôle la surface. Il arrache difficilement son regard de tant de beauté et referme le second sarcophage qui contient le premier, puis le troisième qui contient les deux autres. Quand il a fait basculer le dernier couvercle, il recule pour vérifier que tout est en ordre.

Il ouvre le sac, plonge ses mains, sort tous les papyrus et les manuscrits jaunis. Il les déroule, regarde les hiéroglyphes millénaires qu'un œil humain admire probablement pour la dernière fois. Puis, un à un, il pose les précieux documents sur le sarcophage.

Les trois léopards gisent sous la dalle d'or. Il aimerait la soulever, dégager les corps de ces malheureux. Sir Edward avait apporté des outils. Ils gisent sur le sol, à côté de la lampe brisée. Il prend un petit pic de fer et essaie de l'introduire sous la dalle pour faire levier. Mais elle est beaucoup trop lourde et il ne parvient pas à la bouger.

Le pic à la main, il quitte la chambre d'éternité et repousse la lourde porte de pierre que Sir Edward avait ouverte en positionnant méticuleusement ses doigts. Un bruit résonne quand les parois s'emboîtent. Le déclic parcourt les couloirs. Mehmet traverse lentement les pièces, la lampe à bout de bras, admirant les jouets, la vaisselle, la barque, les meubles, tous ces objets vieux de plusieurs milliers d'années qui accompagnent le petit pharaon dans son voyage d'éternité. Il fait le tour de la salle aux neuf colonnes, écarquille les yeux en regardant les fresques aux couleurs vives que le temps n'a absolument pas altérées et qu'aucun œil contemporain n'a jamais vues. Toutes racontent la vie des anciens Égyptiens au bord du Nil. Il y a de fabuleux dessins d'oiseaux, de gazelles, d'animaux de toutes sortes. Un mur entier est consacré aux jeux des enfants. Il voudrait tout fixer en un instant dans sa mémoire.

Puis il s'engage dans le couloir.

Quand il arrive au bord du puits, il pose le pic et s'allonge sur la marche qui borde le précipice. Il laisse pendre la lampe au bout de son bras pour mieux voir les parois. Le fond est inaccessible à la lumière tant le puits est profond. Mais ce n'est pas le puits en lui-même qui intéresse Mehmet. Il observe les sept poteries en forme d'énormes tétines qui dépassent juste au-dessous de lui. Les explications de Sir Edward lui reviennent en mémoire :

« Derrière ces poteries, il y a probablement une immense réserve de sable fin. Si on casse les poteries, le sable s'écoule dans le puits, ce qui doit provoquer l'affaissement du plafond, des murs et des couloirs. Le tombeau se ferme alors définitivement. Inaccessible à jamais. À moins de faire sauter la montagne tout entière, plus personne ne pourrait jamais plus pénétrer dans cet endroit. »

« Personne ne connaîtra jamais la vérité. La paix du monde est à ce prix. »

Il saisit le pic de fer, se positionne à plat ventre et frappe la première poterie. Un bruit de bois sec que l'on casse résonne dans le puits. Les morceaux disparaissent dans le gouffre. Aussitôt, un jet de sable blanc, très fin, s'écoule et se perd dans les profondeurs.

« Le professeur avait raison... »

Une première secousse, très légère, vibre dans la pierre, comme une menace de tremblement de terre. Mehmet écoute en levant la tête. Puis, comme si le temps allait lui manquer, il brise à grands coups de pic les six autres poteries. Sept flots de sable se déversent comme des torrents. Des craquements sourds grondent dans les entrailles du tombeau.

« Vite. Ce n'est pas le moment de rester ici. Dans quelques minutes, le plafond et les murs s'effondreront. »

Il se relève, saute le précipice du puits, court, remonte. Derrière lui, les premiers effondrements se produisent dans des fracas sonores. Il avance en courbant le dos. Les murs tremblent. De la poussière et du sable tombent du plafond. Des vibrations rapides venues du cœur de la montagne résonnent dans son corps. Un couloir. Un escalier. Il lui semble que les murs se rapprochent, que le plafond s'affaisse, qu'il va être enseveli.

Enfin, il atteint le souterrain d'entrée dont le trou de lumière l'éblouit. Il se courbe, rentre la tête, court et se retrouve à l'extérieur.

Les ânes sentent qu'un phénomène étrange est en train de se manifester. Ils regardent la montagne avec inquiétude et tirent sur la corde en lançant des braiments effrayés. Mehmet les rejoint afin de les éloigner. Il avance, tête tournée en arrière, fasciné par les grondements qui s'échappent du trou noir.

La montagne tremble, s'anime de convulsions qui détachent des morceaux de roche de la falaise et les font rouler jusqu'au milieu du lit de la vallée sèche. Les spasmes du séisme durent longtemps. Puis il y a un effondrement majeur et, par la gueule obscure, une gigantesque langue de poussière jaillit comme les flammes de colère d'un dragon. Le grondement roule en écho dans la vallée.

Puis tout s'arrête et un profond silence écrase le désert.

« Personne ne saura jamais ! »

Épilogue

MEHMET et ses ânes parcourent le désert jusqu'à la tombée de la nuit. Quand les nuages du crépuscule se teintent de rose, il est encore très loin du village. Peu importe, il n'a pas envie de rentrer. Il préfère passer la nuit dans la solitude du désert, seul avec ses pensées.

Il dresse rapidement une tente, soulage les ânes des couffins remplis du matériel de Sir Edward, glane des épineux et allume un feu pour préparer le thé. Les premières étoiles s'allument dans le ciel. Vénus brille au-dessus de la montagne qui, très loin, barre l'horizon d'un rempart noir. Les ânes se sont accroupis sur leurs pattes. Le premier appel d'une bête nocturne s'élève dans les dunes.

Mehmet se sent bien. Jamais il ne s'est senti aussi serein. Un bien-être l'envahit. Il est en paix avec lui-même, calme. Malgré lui, il imagine ce qui se serait produit si la momie du premier fils de Pharaon était sortie de la nécropole. Il entend les louanges lancées vers le ciel par les uns, les cris des autres, les appels à la haine, les bruits de guerre…

Instinctivement, il porte la main à son cou. La petite sauterelle en or se loge dans sa paume. Elle dégage une douceur réconfortante, comme si elle était satisfaite et lui manifestait sa fierté d'être portée à son cou.

Demain, le soleil se lèvera une fois encore sur le Moyen-Orient.

Du même auteur

Éditions Rageot

- Le lévrier du pharaon
- Le magicien en or
- Le chauve était de mèche
- Deux pirates pour un trésor
- Une vie à tout prix *(prix du roman jeunesse 1994)*
- L'enfant chevreuil
- Le rêve de l'oiseau bleu
- La fille du gangster
- Le prof de gym

Éditions Flammarion Père Castor

- Le propriétaire de cathédrale
- La griffe de l'enfer
- Le cannibale de Joséphine

Éditions Milan

- Quand naîtra le lama bleu

Imprimé par Vincenzo Bona – Torino (Italie)
N° d'Éditeur : 98 / 162 – Dépôt légal : juin 1998